奥傳夢千鳥

新刻改訂版

浮世絵宗次日月抄

上

双崖　此の門を壮とす
天に入るも猶を石色
水を穿ちて忽ち雲根
猱玃　鬚髯古り
蛟龍　窟宅尊し
（杜甫）

写真・文／編集部

生命の神よ、剣の神よ、
何卒わが恋人をお救い下さい。

女よ、理由を申しなさい。五千年の時を眺めてきた私に出来ぬ事はない。

恋人は心の臓を喰う恐ろしい敵と闘うのでございます。世の悪を倒す闘いでございます。

女よ、美しい瞳の其方に嘘はないのう。よろしい、わが五千年の力を其方の恋人に与えよう。

嬉しゅうございます。有り難うございます。

但し、其方は恋人の妻とはなれぬ。それが運命じゃ。よいな。

え？……

新刻改訂版

奥傳(おくでん) 夢千鳥(ゆめちどり)(上)

浮世絵宗次日月抄

門田泰明

祥伝社文庫

一

「ほれ、この刃（やいば）を口に挟んで弄（もてあそ）んでみよ。遠慮は要（い）らぬぞ。激しく弄んでみよ」

「うぷっ、く、苦しい。止（よ）しなせえ、刃を口へ刺し込むのは止して下せえ」

口へ押しつけられた鋭く冷たい切っ先は、顔を右に振っても左に振っても吸い付いたように離（はな）れない。それどころかキリキリと唇を割って、口の中深くに入ってこようとする。鋼（はがね）の蛇（へび）の如（ごと）くうねるようにして。

「ご、ご勘弁（かんべん）を。も、もうご勘弁を」

「嫌（いや）じゃぞ嫌じゃぞ。さ、この刃を其方（そなた）の唇でいたぶって下され。刃の心（しん）を撫（な）でまわして下され。ひひひひっ」

「息が……息が……出来やせん……唇が……裂ける……い、痛（いて）え」

「息など出来なくともよい。死ぬ時は死ぬ時ぞ。怖がるな、悩むな。ひひひっ」

「うっ……うっ……」

「其方の澄んだ命がほしい。其方の綺麗な命がほしいのじゃ」

「い……いい加減にしやがれ。この唐変木野郎が」

炎のように火照らせた逞しい肉体を執拗に絡みつかせてくる相手を、宗次は息苦しさも手伝って思い切り両手で突き飛ばし、勢いよく寝床の上に上体を起こした。

息は乱れに乱れ、唇からは血が噴き出し、目の前は真っ暗だった。

宗次は低く唸りながら、背中を反らせるようにして深く息を吸い込んだ。

とたん、意識が眩しいほどの明るさに包まれ、宗次は目をはっきりと覚まして、畳の上に敷いた薄布団の上の自分に気付いた。

猫の額ほどの庭との間を仕切る障子に、朝陽が柿の木を黒く描いていた。

雀であろうか、枝にとまった小さな鳥が羽を広げて、しきりに嘴を使い手入れをしている。

（夢か……それにしても不吉な）と、胸の内で呟いた宗次は頭の後ろを軽く平手で叩いた。

「お目覚めかい先生」

不意に背後から、女の嗄れた小声を掛けられた宗次であったが、さほど驚く様子を見せずに振り返り、黙って頷いた。

板の間に、筋向かいに住む屋根葺き職人久平の女房チヨがいた。

「随分魘されていたね。苦しそうに……」

チヨの嗄れた小声が続いて、その視線がチラリと納戸の方へ走る。

「うん。ちょいと夢を見てな」

と宗次も小声。

「悪い夢かえ。何ぞ振り払おうとでもするかのように、顔を右へ左へと激しく振っていたよ」

「うん、ちょいと怖い夢だったよチヨさん」

「怖い？」

「チヨさんの大きな乳房に顔を押し潰されそうになった夢だったたい」

「馬鹿。あたしなら宗次先生に、そんなに乱暴にするもんかい」

チヨは丸い目で宗次を睨みつけたあと苦笑した。チヨはお人善しを絵に描いたような心根のやさしい小肥りの女であった。心根が優しいというだけではなく、その身の内から自然と迸り出てくるような江戸女の鉄火があった。

「夢の中で何か余程に美味しい若い女でも食べ過ぎたんじゃないのかえ先生」

「ま、そんなところかねい」と応じて、宗次は初めて笑みを返した。

「行ないを踏み外すんじゃないよ先生。外したら『夢座敷』へ告げ口すっから」

「外さねえよ、安心しな」といった宗次の脳裏に、高級料理茶屋「夢座敷」の女将幸の顔が浮かんで消えた。

ここは江戸、神田鎌倉河岸の貧乏臭い八軒長屋。浮世絵師宗次が住むその内の一軒――というより一室――の納戸に今、訳あり風な貧しい身なりの女が痩せ細った体を横たえていた。

宗次が納戸の方を見ながら溜息まじりに言った。

「長屋口で倒れていたのを此処へ担ぎ込んだのはいいが、間もなく三日になるってえのに、まだ目を覚まさねえ」

「これじゃあ、これからが心配だねえ。先生がややこしい負担を背負う事にならなきゃあいいけどさ」

「心配ありがとよ、チヨさん。長屋の者で俺ん家へ運び込んだんだ。蘭方の名医柴野南州先生も診て下さっているし、なあに、そのうち何とかならあな。大丈夫でい」

「そうかねえ」

「おうよ」

「ともかく、さあ、朝飯にしなよ。今あつあつの御飯と味噌汁を用意すっから」

「本当に助からあ。いつもすまねえな」

「あたしゃあ宗次先生の役に立つのが嬉しいのさ。宗次先生が望むならおっぱいだろうが体だろうが何だってあげちゃう」

「わかった、わかった。そのくらいにしときねえ。納戸に聞こえらあ」と宗次は声をひそめて笑った。

「うふふっ。本当だね。びっくりするだろね。一体どんな間柄だろうと」

「全くでえ。ひやひやすらあな」

「おや、あたしが嫌いかえ」

「好きだよ、大好きだ。だから朝飯たのまあ」

「あいよ。待っといで」

チヨはクスクス笑いながら土間に下りると、二つ並んである竈(かまど)の前に立った。一つは飯を炊くための釜をのせる大き目なもの。

もう一つは味噌汁や魚の煮炊きに用いる小さ目の竈(かまど)だった。

含み笑いを漏らして土間に下りたチヨの後ろ姿が、決して心底から明るいものではないと読めて、宗次も軽く下唇を嚙(か)んだ。長屋口で倒れていた女に最初に気付いたのはチヨなのだ。「なんとかしてやんなきゃあ」と宗次に持ちかけたのもチヨである。それだけに責任を感じているのであろうか。

今や大江戸でその名を知らぬ者がない、とさえ言われている程の人気浮世絵師宗次。

近頃では京・大坂までもその卓越した力量が伝わりつつあるとかいう。

その人気浮世絵師で男前の住居(すまい)に、三日ほど前より訳あり風な貧しい身なりの女が身を寄せているのであるから、女に意識が無いとは申せこれはもう宗次をよく知る江戸雀たちにとっては見逃せない出来事だった。

「とんでもない」事なのである。

チヨは盆に飯と味噌汁をのせると、「たまにはあたしも宗次先生と一緒させて貰おうかね」と言いながら、いそいそと土間から板の間に上がった。

宗次は畳部屋の薄布団から這い出るようにして、板の間の膳の前へ移った。

板の間と言えば聞こえはよいが、三畳ほどの広さしかない。

畳の間は宗次の仕事部屋であり寝室であったが、他に絵道具や描きかけの絵をしまってあった納戸が一つある。

この納戸を小綺麗に片付けて、行き倒れらしい女の寝床に使っていた。

向き合った二つの膳の上には、すでに漬物と玉子焼きがのっている。

その膳に、台所仕事で荒れたチヨの手が飯と味噌汁を盆からそっと移した。

「いただきます」

宗次は先ず味噌汁の椀を手に取って、ひと口すすった。

「チヨさんのつくったのは今朝もうまいなあ……お?」

宗次の箸の先が味噌汁の中から、一寸ほどの長さに細く薄く刻んだものを抓みあげた。

「これは蒟蒻……」

「そう、思い切って入れてみたのさ。どう?」と、チヨは目を細めた。年齢は四十を一つ二つ超えてはいるが胸ゆたかな小肥りの体にのった丸顔は、どことのうあどけない。

「驚いたなあ。蒟蒻入りの味噌汁なんてえのは、はじめて食するが、どうしてどうして旨いじゃねえかい」

「宗次先生にそう言って貰えると、女房にでもなったようで、とても嬉しいよう」

そう言って、チヨは柄にもなく頬を赤らめた。

「これはチヨさんが考えたものかい」

「当たり前だよ。あたしが勝手気ままに考えたんだよう」

「こいつあいいねい。やや濃目の味噌汁に蒟蒻がよく合っていらあな。ここに少しばかり新鮮な刻みネギと豆腐を浮かべりゃあ、もっと味が引き立っていたねえチヨさん」

「ごめんよ。このところネギと豆腐が高いもんで節約したんだよう。それに亭主の稼ぎがちょいと落ちてるしね」

「なんでえ、そういう事けえ」

宗次は軽く天井を見上げて笑いながらあとでチヨに小粒（一分金）をそっと手渡す事を考えた。

チヨはこの三日の間、納戸で昏昏（こんこん）と眠り続ける女の体を拭（ふ）き清めてやったり、色色と気遣（きづか）っている。行き倒れているのを最初に見つけたのは自分、という責任を感じているに違いない。

また長屋で買い物名人として知られているチヨは、大江戸の買い物筋に大層詳しく、其処此処（そこここ）の商売人たちにも顔を見知られていて頼りになる。宗次から小粒を貰って、貧し過ぎる身なりの女のために古着を買い揃（そろ）えてやったりもしている。

「それではあたしも食べさせて貰うよ先生」

チヨは宗次と目を合わせてから、微笑（ほほえ）みつつ味噌汁の椀を手に取り、矢張（やは）り蒟蒻の細刻みを箸で抓んだ。

「あらま、ほんとに美味しいね。味噌あじがよく蒟蒻にしみて」

「居酒屋『しのぶ』の女将美代(みよ)さんにこの蒟蒻味噌汁を教えてやると喜ぶぜい」

「そうだね」

「一日中、料理をつくることに打ち込んでいる、ああいう食べもの職人はよ。蒟蒻味噌汁のような思いつきを喜ぶもんだぜ。教えてやんな教えてやんな。それで江戸っ子女将とチヨさんの仲が一層濃くならあな」

「いつだったか、店を手伝ってほしい、と美代さんに言われたことがあったよ」

「いいじゃねえか。手伝ってやんない」

「では……明日(あした)辺りにでも、ちょいと『しのぶ』を覗(のぞ)いてみようかねえ」

「うん。明るい内にな。なにせ夕方から忙しい店だからよ」

「わかってるよ」

鎌倉時代には天皇の食膳にも供されていた蒟蒻は、室町(むろまち)時代に入ると刺身としても広まり、江戸時代初期になると一般庶民の食用を目的として大規模な栽培が常陸国（ひたちのくに）で一気に始まり、常陸蒟蒻は飲み屋、めし屋などで「この味天下一品」の折り紙が付く程だった。

「ごちそうさま。満足致しやした」

充分に腹を満たして、宗次は箸を置きチヨに向かって両手を合わせた。

「いま、お茶をいれよかね」

「うん……いや、その前にな、ちょいと聞いて貰いてえ」

腰を上げかけたチヨは、「え？」と座り直した。

「私（あっし）は独り身だチヨさん。このボロ家の納戸に女をいつ迄（まで）も置いとく訳にはいかねえと思うんだが。然（しか）るべき住居（すまい）へ移って貰わなきゃあならねえやな」

「そうだねえ。見たところ痩せ細って生活苦この上もない顔立ちだけど、年齢（とし）は二十四、五。それによく見ると整った顔をしているよ。様子が落ち着いたら、いつ迄も此処に置いておく訳にはねえ。宗次先生は大名旗本家へも出入りしてる身なんだ。品行を疑われちゃあいけないから」

「だよなあ」

「いつもは情（なさけ）深い先生が、いやに今回は弱気だね。あ、胸の大きなあたしがズカズカ出入りするからかえ」

「うん、それもある。いや、それが理由だあな」

「馬鹿」と、チヨが歯を見せて笑った。

二

「ちょいと朝の散歩に行ってくらあ」

朝餉のあと片付けをしているチヨの背中にそう言い残して、宗次は外に出た。長屋路地に朝陽が当たり始めていて、昨日に続き今日の江戸の空も、はや真っ青だ。

宗次は長屋路地の真中を通っている溝板を踏み鳴らし、井戸端を抜けて表通りに出た。

職人たちが一斉に勤めに出るには、まだ少し間があった。

長屋の女房たちが井戸端に集まり出すと、職人や棒手振りたちは毎朝、威勢よく職場や商い場所を目指して飛び出してゆく。

が、今朝はまだ静かだ。

「おう、よしよし。今朝も元気か」

表通りに出た宗次に、直ぐ其処、堀端の大柳の下を塒にしている白い中型ほどの老犬が、尾を振りながらヨタヨタと近付いてきた。今や野良犬ではなかった。ちゃんと長屋の誰彼が面倒を見ていて、雨露をしのぐ小屋もあれば餌にも不自由していない。時には、ぬるま湯で体を洗ったりして貰ってもいる。

一年半ほど前、痩せ細って長屋の前で倒れていた「野良犬」を、長屋の者が介抱したことが縁で、大柳の下に居着くこととなった。

いまではふっくらと小太りで幸せそうだが、このところめっきり足腰が弱ってきている。

「いつ迄もな、長生きするんだぞ。いいな」

宗次が老犬の頭を幾度も幾度も撫でてやると、その優しさが判るのか、宗次を見つめて老犬は目を細めた。

「さ、いいから、お戻り」

宗次が老犬の背中を軽く叩いてやると、人の言葉を解した訳でもなかろうが老犬はよたついた歩き方で塒へと戻っていった。

宗次は堀に沿ってぶらりと歩きながら、午後に訪れる材木問屋「富士屋」の主人利左衛門に提案する内容について考えた。

利左衛門からは、富士と女、を作題とする客間の襖絵六枚を頼まれている。

「富士は富士山を指すが、女はどのような立場に生きる女でもよい」という希望だった。

武家の姫君でも、町娘でも、吉原の遊女でも、その日暮らしの夜鷹でも結構というのである。

（富士は如何ようにも描けようが、女が難しいやな。富士を描くことで女が見る者の目に貧相に映っちゃあならねえ。むしろ富士よりもおごそかに描けなきゃあいけねえ。たとえ夜鷹でもよ……）

宗次は胸の内で呟いた。

この時であった。

二町ほど先の町家の角から突然現われた一団が、宗次から遠ざかるかたちで東へ向かって走っていった。血相を変えて、と判る懸命な走り方だ。

宗次が立ち止まって見ていると、一団は二つ三つ先の辻を北へ折れてその姿を消し去った。

「先頭を走っていたのは、ありゃあ確か北町奉行所の……」

市中取締方筆頭同心飯田次五郎様ではなかったか、と宗次は思った。

泥鰌のジゴロの異名で江戸の町民たちから煙たがられている恐持て同心で、宗次とは入魂の間柄。

とくに飯田次五郎の幼い一人娘の姿絵を無代で描いてやって以来、お互い遠慮のない付き合いとなっている。

なにしろ浮世絵師宗次と言えば、その天才的画法で今や大名旗本その他諸方から「よ、天下一の先生」の呼び声がかかる程だ。

その宗次に無代で描いて貰った幼い一人娘の姿絵ともなれば、これはもう家宝である。

「追ってみるか……」

と呟いて宗次は、駈け出した。

絵師宗次は、夜遅くまでの仕事で余程に疲れている時は別として、だいたいが早起きだった。早起きで知られる長屋の職人たちが目覚めるよりもまだ早い。それを承知している筋向かいのチヨもまた宗次に合わせるように早起きだった。

(朝早いこの刻限に捕方が血相を変えた走りを見せているという事は、何処で深夜か未明に何かありやがったな)

宗次はそう思いつつ走った。江戸の大通りから裏路地まで知り尽くしている宗次である。

(捕方の一団があの方角へ向かったということは、瀬戸物問屋、金物問屋など大店三、四軒が立ち並ぶ二丁目通りの辺りだろうよ)

と見当つけて、宗次は足を速めた。次の辻を右へ折れたら鋳掛屋の若亭主が多分表戸を開けていよう、とその光景までが脳裏にすでに浮かんでいる。

その辻を宗次は勢いつけて曲がった。

「あ、これは宗次先生。お早うございます」

やはり鋳掛屋の若亭主は表戸を開けていた。

「や、お早うござんす。お久し振りですねい」

と、応じながら宗次は鋳掛屋の前を走り過ぎた。背中に張り付いている嫌な予感が宗次を急がせた。

「今日はまた、静かなこの朝の早くからどちらへ？」

と鋳掛屋の声が、背中から追ってくる。

「その先までちょいとヤボ用で」と軽く片手を上げて見せ、宗次は鋳掛屋から遠ざかった。

飯田次五郎が率（ひき）いる捕方の一団も恐らく鋳掛屋の前を走り過ぎた筈（はず）である。が、鋳掛屋の若亭主は宗次に対し「静かなこの朝の早くから……」と声をかけている。

捕方の一団は、鋳掛屋の若亭主が表戸を開けに外へ出るよりも先に、走り過ぎたのであろう。

宗次は三つ先の角を左へ折れ、その場で足を止めた。

嫌な予感は当たっていた。

「やはりな……」と、宗次の顔が険（けわ）しくなる。

半町ばかり先の二丁目通り右手。そこに瀬戸物問屋の老舗（しにせ）「室邦屋（むろくにや）」があって、同心、目明しが慌ただしく出たり入ったりしていた。

店の前は、樫の六尺棒や刺股、突棒などを手にした小者が仁王立ちで扇状に取り囲んでいる。

朝まだ早い刻限ではあったが、職人たちがそろそろ勤めに出かける頃合であったから、室邦屋の前には野次馬が集まり始めていた。

「なんてえ事だ……朝っぱらから嫌な予感が当たりやがったい」

という呟きが吐息と共に、宗次の口から漏れた。

室邦屋の主人室辺邦衛門からは先日、喜寿を迎えた老妻ヨシの等身大の姿絵を、離れの襖に描いてほしいと依頼されている。

絵仕事で余りにも忙し過ぎる毎日であったから、宗次は邦衛門の依頼を丁重な上にも丁重に断わっていた。これまで付き合いもなく、いきなりな飛込みの依頼であったことも手伝って、とても予定が立てられなかった。それに室邦屋は陰に回って性質のよくない高利貸しをしているという噂もあったから。

とにかく次から次へと、このところ誰彼の伝手を頼りに宗次のもとへ絵仕事を頼みにくる者が激増しているので目が回るほど忙しいのだ。

宗次は、躊躇（ちゅうちょ）しかけていた足を室邦屋へ近付けた。

「あ、これは宗次先生」

飯田次五郎の配下で顔なじみの小者が、宗次に気付いて六尺棒を左手に持ち替え軽く頭を下げた。

宗次は相手に充分に近付いてから小声を出した。

「飯田の旦那が捕方の先頭切って走っているのを長屋を出た所で見かけたもんで、追って来たんだがよ」

「押し込みでさあ。隣の金物問屋の小僧が、室邦屋の表戸が開いたままになっているのに不審を抱き、事件に気付いたという訳で」

「盗まれた金は幾らでえ」

「金よりも先生……」

小者がそこまで言ったとき、「宗次先生じゃねえか」と後ろから声が掛かり宗次は振り向いた。

「これは平造（へいぞう）親分」

「どうしたんでい。先生が事件の目撃者かえ」

「いやなに、実は……」

宗次は、駈けて来たらしく房付き十手(じって)を手に肩で荒い息をしている中年の相手――目明し――に、これこれしかじかとこの場に居合わせている理由を打ちあけた。

春日町(かすがちょう)に住居(すまい)を持つこの目明しを、江戸の人人は「春日町の親分」あるいは、「度胸の男」などと呼んで一目も二目も置いている。房付き十手を奉行から直接に授与された目明し、という異例は、抜群の功績の証であった。

「先生は室邦屋と絵仕事の付き合いは、ありなすったので？」

「主人(あるじ)の室辺邦衛門どのからは、ご内儀ヨシ殿の喜寿を祝う姿絵を頼まれていやしたが……」

「そうでしたかえ。なら構わねえ。私(あっし)についてきなせえ」

竹を割ったような性格の平造の判断は、素早かった。

ぽんと宗次の肩を叩くと、横で矢張り荒い息をしている下っ引きの五平(ごへい)に「こいっ」と目で促(うなが)した。

この平造の女房と娘の姿絵も、宗次は描いてやっている。

三人は張り番の捕吏(ほり)たちをかき分けるようにして、室邦屋に入った。

とたん、春日町の平造親分も宗次も目を見張り息を飲んで立ち止まった。

下っ引きの五平などは、見るに堪(た)えないのか殆(ほとん)ど反射的に体の向きを変えてしまった。

「ひでえ……」と、平造親分が呻(うめ)く。

宗次は両拳を握りしめ、眦(まなじり)を吊り上げていた。

凄(すさ)まじい事件の現場が目の前にあった。土間に十三、四と思われる小僧が一人、土間から板(いた)の間(ま)へ上がった所に、二十代半ばくらいの手代風が二人、ともに虚空(こくう)を摑(つか)むようにして血の海のなか仰向(あおむ)けに倒れている。

「一刀のもと、袈裟(けさ)斬(ぎ)りですぜい親分」

「うん。こいつあ侍の斬り口だな先生よ」

「でしょうねい」

「食い詰め浪人の一団が押し入りやがったか」

このとき奥へ通じる廊下口に下がった長暖簾(ながのれん)を十手の先で左右に開き、若い同心が青ざめた顔を覗かせた。二十(はたち)を少し超えた辺りだろうか。

「お、平造、来てくれたかい。この廊下の先の離れで飯田さんがお待ちだ。急いでくれ」

と、声の調子もまだ、どこか黄色い。

「承知しやした。廊下の先ですねい」

「宗次先生がこの朝の早くに此処へ顔を出されたということは、もしや絵仕事に関係あり、ですか」

飯田筆頭同心や、房付き十手を奉行から直接授与された平造親分と親しい間柄の宗次、と知る若い同心は敬語を用いて宗次と目を合わせた。

「へい。その通りで」と、宗次が言葉短く頷く。

「行きやしょう先生」

平造に促され、宗次は五平を従えるかたちで親分の後に従った。

大柄な平造親分の貫禄(かんろく)が、廊下口に立っていた若い同心に自然と体を開かせる。

「ご免下さいやし」と、宗次は若い同心に礼儀として軽く腰を折った。

「あ、うん」と、相手が応じる。

長い廊下を、左手に庭を眺めて三人は急いだ。

だが三人は、ひと息に離れに辿り着くことは出来なかった。

最初の角を左へ折れたとき目の前に、鮮血が飛び散った半開きの障子一枚が、待ち構えていた。

「くそっ」と低く吐いた平造が、十手の先でその障子を開き切った。

八畳の座敷の中では床の間の刀掛けに手を伸ばした状態で、若くはない侍が一人、横向きに倒れ絶命していた。疾風のように踏み込まれて斬られたのであろうか。

「室邦屋の用心棒かね先生。この店は陰に回って人泣かせな高利貸しをしているってえ噂だからよ」

「かもなあ……この侍、身なりは小綺麗だが、何処ぞの藩士って感じではござんせんから、おそらく浪人……室邦屋に用心棒として雇われたのでしょう」

「でしょうねい。とすると、室邦屋は用心棒を雇わなきゃあならねえような事情を抱えていた、ということになる。たとえば金貸しに絡んで」

「あるいは、万が一の用心のために雇ったとか」

「その用心棒が、背中を一刀のもとに割られている。これ迄に多くの〝殺し〟を見てきたが、これほどあざやかな斬り口を見るのは初めてだい」

「土間や店（たな）の間（ま）の三人と、同じ斬り口のようですねい」

「そうよな」

「ちょいと刀掛けの刀を拝見してもよござんすかえ親分」

「儂（わし）が先生に対し抱いているある疑惑が、構わねえ、と言わせてしまいまさあ」

「ある疑惑？」

「いいからいいから……人気浮世絵師が刀の鑑定が出来るなど聞いたこともねえが」と、言葉の半分以上は聞き取り難（にく）い独り言の親分であった。

宗次は血の海を踏まぬよう回り込んで、床の間の刀掛けに手を伸ばした。

大刀を手にし、鞘（さや）を払って、刃を顔に近付ける宗次だった。

だが直ぐにそれを鞘に納めて刀掛けへ戻した。

「どしたんでい先生」

「なまくら、でさあ。切っ先から鍔近くにまで錆が走っておりやす」

「なんとまあ。それで大店の用心棒かえ」

「しかも切っ先が欠けておりやすねい」

「じゃあ人を斬った事がある訳だな」

「いや、人を斬って欠けた場合とは、明らかに違いまさあ。やはり錆が原因でござんすよ。だらしのない、欠け方でね」

「そんな事まで浮世絵の先生には判るのけ。さすが天下一と評判高い宗次先生だ」と、平造親分の目つきが、何かを探るように少し鋭くなる。

「絵仕事に必要なんですよう。刀についての多少の知識は」

「そうですかい。ま、離れへ急ぎやしょう。今日の儂は少し出遅れておるんで、他の親分に調べの先手を奪られかねねえ」

　用心棒らしいのが絶命している座敷の向こう角を、廊下は右へ曲がっていた。

　その直ぐ先に離れがあることを、室辺邦衛門と一度だけだが会ったことのある宗次は、承知している。

歩みを緩めつつ振り向いた平造が、後ろにいた宗次の耳に顔を近付けて囁いた。

「此処の主人ってえのは、室辺邦衛門とかだっけ先生」

「へい、その通りで」と、宗次も小声で返した。

「てえと、元は侍かな」

「さあ、その辺のところを知る程の付き合いは、ありやせんので」

「そうかえ」

「親分ほど江戸の隅隅を摑んでいなさる人でも、この店の主人については知っていなさらなかったんで?」

「儂だって誰でも彼でも知っている訳ではねえやな。その点では宗次先生の足元にも及ばねえよ。だからこうして、事件現場に入って貰ったんだ」

三人は太鼓橋のように造られた長い渡り廊下を渡ってようやく離れ座敷の前に辿り着いた。

座敷はゆったりと幅広く造られた濡れ縁に沿って三部屋並んでおり、その一番奥の座敷から同心たちの声が聞こえてくる。

赤黒い血が濡れ縁にまで流れ出し、障子は朱に染まって、部屋の中を見る迄もなく惨劇の様子が察せられた。

同心の一人がよろめくようにして、その座敷から出てきた。今にも吐き出しそうに顔を歪め、片手で口を覆っている。

「ちっ。今時の若え同心てえのは……」

舌打ちした平造親分は手にしていた房付き十手を帯に通すと、ズカズカとした歩き方で奥の座敷へ向かった。

その後に、宗次、下っ引きの五平と続く。

昨日今日の新米下っ引きではない筈なのに五平の顔はもう、真っ青だ。額に脂汗の粒を浮き上がらせている。

と、障子が朱に染まった奥座敷から、市中取締方筆頭同心が現われて、あと二、三歩で座敷に入りかけていた平造親分が、「おっと……」と背中を反らす感じで立ち止まった。

「お、平造。来てくれたかえ」

「遅くなりやした」

「お前らしくねえ遅さだな」

「ちょいと柴野南州先生ん家まで走っておりやしたもんで」

「ん？　どしたい」

「今朝になって子供の体が熱っぽいと気付きやしたもんで」

「そいつあ、いけねえな。で？」

「朝まだ早いというのに南州先生は来て下さいやした。ただのハナカゼだろうから心配ねえだろうと」

「そうか、蘭方の名医である南州先生がそう診立てなすったんなら、ま、大丈夫だろうよ」

「へい……じゃあ、入らせて戴きやす」

浮世絵師の宗次先生にも来て貰いやしたから、とまるで当然のような口調で言い残し、平造はさっさと朱に染まった障子の向こうに姿を消した。

五平はまだ宗次の後ろから動かない。

飯田次五郎が宗次にゆっくりと近付いて囁いた。

「絵仕事で室辺邦衛門を知っているんだろ。構わねえから入んねえ。文机の上に思いがけねえ物が残されている」

「え？」

「いいから入んねえ。五平も何をしてやがんだ。そこで青ざめてちゃあ仕事になんねえ。血の海の修羅場は初めてじゃねえだろうが」

「す、すみません」

「ははあ。また二日酔いかえ。胃袋がひっくり返ってんなら現場を見て吐くものは全部吐いちまいな。さ、宗次先生、いいから入ってくんねえ。俺はこの惨状を最初に目撃した隣の金物問屋の小僧とかに、ちょいと訊きてえ事があるんで……」

　飯田次五郎は宗次の肩を軽く叩くと、その二、三歩うしろにいた下っ引き五平の横をすり抜ける際、左手人差し指の先で五平の額を「酒はほどほどにな」と、チョンと突ついた。

三

血の海と化している十二畳の座敷では三人の同心と平造親分が、大きな文机の脇で俯せとなっている綺麗な白髪頭の遺体の右側にしゃがんでいた。

遺体の左側は血の海の状態で近付けない。

宗次は文机の上に自分に宛てた書きかけの書状がのっていることに驚いたが、それには手を伸ばさず、平造親分と並んで腰を下ろした。

「よ、宗次先生。どうやら仏さんから絵仕事を頼まれていたようだな」

平造の横に腰を下ろしたのが浮世絵師宗次と気付いた、飯田次五郎配下の次席同心阪崎市兵五十四歳が、文机の上の書状と宗次とを見比べた。

宗次は遺体の顔を室辺邦衛門と確かめつつ答えた。

「はい。と申しやしても、まだ引き受けた訳じゃあござんせんので」

「そうかえ。文机の上にある仏さんが書いたに違いねえ先生宛の書状によりゃあ、喜寿を迎えた御内儀の姿絵を頼んだというじゃあねえか」

「その通りで……で、その御内儀はご無事なんで？」

「奥の寝間にいなさる」

「ご無事なんで？」

「自分の目で確かめてきなせえ」

「へい。それじゃあ……」

頷いて宗次は腰を上げ、平造の傍から離れた。

「血の海を見ても、まるで平気だな宗次先生という人はよう」と、阪崎市兵はブツブツと漏らして小さく首をひねった。

平造親分は聞こえぬ振りだ。

宗次は十二畳と続きになっている奥の寝間との間を仕切る襖に手をかけた。

宗次の表情には、すでに悲しみが広がっていた。

襖を開ける前に宗次は振り向いて、骸となってしまっている室辺邦衛門をもう一度眺めた。

致命傷は明らかに、背後からの袈裟斬りだった。

白骨を覗かせるほど、ザックリと割られている。

（博徒が振り回す長脇差じゃあ、こうは斬れねえ。こいつあ間違えなく剣術を相当やる野郎の仕業だ）

胸の内で自分にそう言いきかせつつ、宗次はギリッと歯を噛み鳴らした。その僅かな軋みが届いたのか、どうなのか、平造親分の視線がチラリと宗次に流れる。

宗次の手が、寝間の襖を開けた。

あ……と宗次は目を閉じ、船底天井を仰いだ。

寝間の左手は広い中庭に面しており、雨戸は同心によってか全て開け放たれ、八畳の三分の一ほどに朝陽が差し込み始めていた。

邦衛門の妻ヨシ七十七歳の骸が、仰向きの状態で寝床の中にあった。宗次は一度会っただけの人であったが、ヨシに間違いないと確信した。高利貸しは主人邦衛門よりもヨシが仕切っている、という噂もある。

ヨシも問答無用の袈裟斬りであったが、不思議なほど出血が少なかった。死顔も意外なほど穏やかである。

老いて小さな体になってしまったからであろうか。だが高利貸しを仕切っていたとなると、不屈の老女なのかもしれない。

宗次は骸に対して合掌した。交わした会話も僅かな、その人柄さえもまだ判らぬ老女ではあったが、合掌する宗次の目は余りの無残に悲しんだ。

（許せねえ……こいつあ、高利貸しの老女であったとしても許せねえ）

と、宗次の奥歯がまたしてもギリッと嚙み鳴る。

宗次は寝間の脇で腰を下げ、老女の右肩から左脇腹に走っている傷口に顔を近付けた。

その宗次の顔が何に気付いたのか「ん？」となる。

（下手人は左手で斬りやがったな。しかも左脇腹から右肩へ向けての逆袈裟斬りだ……）

胸の内で呟く宗次の脳裏に、「許して下さい。斬らないで」と懇願しつつ寝床の上に体を起こしかけたヨシに、問答無用で刃を走らせた冷酷非情の下手人の左手が、はっきりと浮かんだ。

（この押し込み野郎共は、町方の手には負えねえかも知れねえ。下手人の数にもよるが下手をすりゃあ、北町も南町も全滅だあな）

そう思った宗次に、次席同心阪崎市兵が「宗次先生よ」と声を掛けた。

「へい」と宗次が立ち上がる。

「どうでい。物見に優れる絵師の先生の目で何か捉(とら)えた事はねえかえ」

「べつにござんせんが」

「斬り口はどれもこれも似ているが、その点はどうでい」

「どうも、そのようでござんすね。袈裟斬りってんですか」

「うむ」

次席同心との会話がそこで終ったとき、宗次の顔がハッとなった。

「平造親分」

「おう」

宗次に呼ばれるのを待ち構えていたかのように、平造は宗次のそばに近寄った。

「室邦屋には、トヨという四歳の女の子がいる筈ですぜい。主人夫婦(あるじふうふ)の孫(まご)にあたる四歳の女の子が」

「なにいっ」と立ち上がったのは、阪崎市兵だった。

　宗次は次席同心と目を合わせて告げた。

「このトヨという幼子の両親は、はやり病で共に前後して亡くなったと主人邦衛門殿から聞いておりやす」

「その子の姿は、我我の誰一人として、見ちゃあいねえぞ。な、みんな」

「はい」と、他の同心も硬い表情で腰を上げた。

「大番頭さん夫婦に大層なついている、とも主人から聞かされていやすが、その大番頭さんは？」

「大番頭夫婦も二番番頭も、二階の自分らの部屋で無残にもバッサリだ。が、そのトヨって子の姿はなかった」

「するてえと……」と、平造が何かを言いかけて口をつぐんだ。

　宗次の目つきが、凄みを見せ出した。

　このトヨという幼子の行方が、宗次の身にかつてない凄絶な危機を及ぼすとは、この場の誰一人として、まだ想像だに出来ていなかった。

四

宗次は次席同心阪崎市兵と平造親分の承諾を得て、店先(たなさき)の板の間に戻り、東詰めにある二階への階段を上がった。

階段の両側は一階板の間から続くかたちで棚になっており、きちんと名札付きの伊万里(いまり)焼、瀬戸(せと)焼、清水(きよみず)焼〔古清水焼〕、それに相馬(そうま)藩〔福島県〕伝来である筈の相馬駒焼、などの逸品から庶民向けまでがずらりと数を揃えている。市場に出回る筈のない相馬駒焼までがこの店にあるということは、相馬藩江戸屋敷からでも流出したのであろうか。

東側の棚の三か所には階段に沿って等間隔で小さな丸窓障子が設けられており、そこから朝陽が射し込んで、西側の棚を埋める陶器が眩(まぶ)しくきらめき出していた。

だが宗次の関心は己(おの)れの足元、階段の踏み板に注がれていた。刀の切っ先から垂れ落ちたものと宗次には判る血痕(けっこん)が、点点と続いている。

その垂れ落ちた血痕は、二様のかたちを宗次に見せていた。一つは階段を上がるにしたがって小さくなっていく血痕、もう一つは階段を下がるにしたがって小さくなっていく血痕、であった。

それは一階と二階の惨劇を物語る以外の、何ものでもなかった。

二階にあがって直ぐの八畳の間（ま）が、最初の無残を宗次に見せつけた。

この八畳の間には役人の姿はなく、血の海の中に四十前後の男がひとり、両手で虚空（こくう）を摑（つか）み、くわっと目を見開いていた。

二番番頭の糸二（いとじ）、と宗次には判った。主人（あるじ）室辺邦衛門の使いとして、鎌倉河岸の八軒長屋へヨシの姿絵を頼みに訪れたのは、この二番番頭であった。腰の低い礼儀正しい男だった、と宗次は今も思っている。

宗次は血の海の外側に腰を下ろして、骸（むくろ）を眺めた。

（余程に……怖かったんでござんすね）

胸の内で宗次は、恐怖に満ちた糸二の顔に語りかけてから合掌した。

（この宗次、お前様の無念をこのままにゃあ、しておきやせんぜ）

宗次は体を少し前へ泳がせて右腕を伸ばし、糸二のやや硬くなった両の瞼（まぶた）

を閉じてやると、改めて室内を見まわした。

自分の部屋を与えられている二番番頭とは言っても、がらんとした殆(ほとん)ど何も無い八畳の間だった。貧相(ひんそう)な二段の物入れが、部屋の片隅(かたすみ)に一つあるだけだ。

宗次は血の海の反対側へ回り、「ん？」という顔つきになった。

天井を向いている骸の胸側に袈裟(けさ)斬りが認められないため、「背中から割られたか……」と思っていたのだが、そうではなかった。

糸二は体の左側の脇腹から膝頭(ひざがしら)にかけてを、真っ直ぐに深深と斬り下ろされていた。腰と膝の白骨(しらぼね)が覗くほどに。

（妙な斬り方だぜ……侍のやりやがった斬り口、との見当はつくが）

宗次は声なく呟いて、小さく首をひねった。

宗次は、逃げようと体の向きを変えた糸二を、脇腹から膝頭にかけて〝狙い斬り〟に真っ直ぐ斬り下げた下手人の業(わざ)を、脳裏に想い描いた。

（まるで楽しむように斬ってやがる……）

おんのれが、と険しい表情で立ち上がった宗次は、もう一度合掌して八畳の間を出た。

　と、隣の部屋――大番頭夫婦の――から出てきた白髪まじりの五十前後に見える男が、宗次と目が合って「おう」という顔つきになった。

「どうしたんでい宗次先生、こんな所へよ」

「これは鉄砲町の銀吾親分、ご苦労様でござんす」

「この店、絵仕事でかかわりがあったのかえ」

「へい。ま、そんなところで」

「にしても、こんなに朝早くによ。駈けつけるのがいやに早えじゃねえか」

「八軒長屋の前で朝の散歩をしてやしたら、たまたま捕方が駈けているのを見やしたもんで、何事か、と後を追ってきやした。店内へ立ち入るについちゃあ、お許しを頂戴しておりやす」

　宗次は、お許しを頂戴しておりやす、とは言ったが平造親分の名は口に出さなかった。自分には恐縮するほど好感を抱いてくれている鉄砲町の銀吾親分ではあったが、平造親分に対しては強い競争心を抱いていることを、宗次はよく知っている。とくに平造親分が房付き十手を奉行より直接授与されてからは、銀吾親分の競争意識が一層のこと激しく燃え上がっていることも。

「で、大番頭さんは、どうなんです銀吾親分？」

「無残な有様でえ。夫婦揃ってバッサリだ。問答無用って感じでい」

「奪われたカネの額は判りましたんで？」

「それがよ。金蔵（かねぐら）の錠前（じょうまえ）はしっかりと掛かってやがんだ」

「え？」

「婆（ばあ）さんから四苦八苦して何とか訊（き）き出したんだが、鍵（かぎ）は日頃から主人（あるじ）夫婦の信頼厚い大番頭が管理していたらしくてよ。大番頭の手文庫の中から見つかったい」

「鍵に手が付けられたような感じはありやせんので？」

「全くねえ。きちんと整理された大福帳などと一緒に入っておったい。ま、絵（え）仕事（しごと）でかかわりがあったんなら、部屋に入って大番頭夫婦に手を合わせてやんな」

「判りやした。そうさせて戴きやす。で、親分がいま言いなすった四苦八苦の婆さんていうのは、一体（いってえ）誰でござんすか」

「飯炊きのツネという耳の遠い婆さんだよ。たった一人の生き残りなんだが先生は会ったことはないのかえ」

「へい、一度も会ったことはござんせん」

「つい先程まで、大番頭の部屋で歯の根も合わぬほどガタガタ震えていたんだがよ。何を訊いても耳が遠いこともあって唇も頬もただ震えに震えるばかりで、殆ど訊き取れねえんだ。その様子が余りに可哀そうなんで同心の旦那が奉行所で休ませてやろうと連れていったよ」

「そのツネさんて人は、押し込みがあった刻限、大番頭さん夫婦の部屋にいたんですかい」

「大番頭の女房の縁続きのようだってんで、板壁一つ隔てた隣の三畳ほどの納戸を与えられていたらしいんだわ」

「ふーん、なるほど。納戸が生死を分けやしたか」

「その通りでい。宗次先生なら同心の旦那に頼み込めばツネ婆さんにたぶん会わせて貰えるだろうぜい。真面目な話、女に優しいことで江戸市中に知られた先生だい。なにせ耳が遠い婆さんなんで苦労するだろうが、会って何かうまく訊き出せたらよ、一番に儂（わし）に知らせてくんない」

「お約束いたしやす。ところで銀吾親分は、ここ瀬戸物問屋にトヨという四歳の女の子がいたのを御存知ありやせんか」

「な、なに、四歳の女の子だと」

「へ、へい。店主（あるじ）夫婦の孫に当たる子なんですが、この子の両親（ふたおや）は共にはやり病ですでに亡くなっているんでござんすよ」

「はじめて耳にするぜい。驚いたな。この店屋敷（たなやしき）の何処にも幼子なんぞの姿は見かけねえが、先生はその顔を知ってんのけい」

「一度だけですが、店主（あるじ）夫婦と会った折りに見ておりやす」

「するてえと、店内（たなうち）の何処ぞの小部屋にでも隠れて震えているのかも知れねえな」

　銀吾親分はそう呟くと、背中を少し反らせて顔をねじり、惨劇の座敷の中へ向かって小声を掛けた。

「助六（すけろく）、来ねえ」

　呼ばれて直ぐ部屋の外に出て来たのは、銀吾が使っている若い下っ引きだった。まだ二十歳（はたち）前後であろうか。

宗次と顔が合うと「あ、先生、これはどうも」と、丁寧（ていねい）に頭を下げた。

町方役人の誰彼と交誼（こうぎ）浅からぬ宗次、と知っている下っ引き助六であった。

その助六に銀吾親分は囁いた。

「この店（たな）にゃあ店主（あるじ）夫婦の孫で四歳の女の子がいると判った」

「えっ」と助六も小声で驚く。

「何処ぞの納戸か味噌漬物蔵か縁（えん）の下（した）に隠れて震えているのかも知れねえ。先ず一階から探すんだ」

「判りやした」

「そっとだ。誰にも気付かれるなよ。とくに一階にいるかも知れねえ平造にはだ」

「心得ておりやす」

「行くぜい」

銀吾は宗次の肩をポンと軽く叩くと、助六を従えて階段をゆっくりと下りていった。血痕を踏まぬよう、階段の棚側へ体を寄せるようにして。

宗次は苦笑しながら、銀吾に従う助六の背中が階段に沈み込むまで見送った。

店主夫婦にトヨという幼い孫がいて、その孫の姿が店内に見当たらぬことは一階にいる役人や平造たちもすでに知っている。

（またしても平造親分と銀吾親分の間で激しい火花が散るなあ……）

と、宗次は思ったがとくに心配はしていなかった。平造も銀吾もその人柄に薄汚れた部分がないと判っているからだ。二人とも、カラッとした性質の親分だ。

宗次は血腥い臭いが満ちた大番頭夫婦の座敷へ「お邪魔いたしやす」と、役人たちに声を掛けながら腰低く遠慮がちに入っていった。

大番頭夫婦は八畳二間の奥の寝床のなか、体の左側を下にして横たわっていた。大番頭夫婦の血を吸った布団は真っ赤だ。

大番頭の名は彦市、女房はユイと承知している宗次であったが一度しか会ったことがなく、それ以上のことは知らない。年齢は夫婦共に五十前後くらいか、と宗次は見当をつけていた。

「お、浮世絵の宗次先生じゃねえかい。久し振りじゃねえか、と言いたいところだが、またどしたい、この刻限このような所へ……」

大番頭の骸（むくろ）の頭の上にしゃがんでいた、ちょっと見たところ大人しそうな印象の男が、宗次と気付いて怪訝（けげん）な顔つきで腰を上げた。

「これは大崎（おおさき）様……」と宗次は丁重に頭を下げつつ、相手に近付いていった。

北町奉行所の全与力を束ねる「与力頭」大崎兵衛（ひょうえ）であった。過去に生じた重大事件の解決に宗次がひと役買った事もあって、以来大崎と宗次は極めて親（ちか）しい間柄となっている。ときに職人、商人、小役人たちに人気の居酒屋の床几（しょうぎ）に腰を下ろして向き合い、盃（さかずき）を交わすこともある。

宗次は「この刻限このような所へ」姿を現わした経緯について、手短（てみじか）に与力頭大崎に打ち明けた。

「そういう事かい。なら構わねえから、骸（むくろ）も店内（たなうち）もよっく見てくんない。で、何か気付いた事があったら、筆頭同心の飯田の耳にでも入れてやってくれ」

「承知致しやした。ところで大崎様、一つ御願いがあるのでございますが」

「なんでえ……」

「ツネという耳の遠い飯炊きの婆さんとやらが、奉行所へ連れていかれたと聞いておりやすが」

「うん、気が動転して震えに震えすっかり自分を見失っているんでな。余りに可哀そうなんで奉行所で暫く休ませ安心させてやれ、と私が命じたんだ。それがどうかしたかい」

「そのおツネ婆さんに会わせて戴けやせんか」

「ほう……よく知っている婆さんなのか」

「いえ、そういう訳じゃござんせんが」

「じゃあ、どういう訳でい」

「実は、ここの店主夫婦には孫でトヨという四歳になる女の子がおりやして……」

「なにいっ」と、与力頭大崎の目が光って、朱色に染まっている寝床を取り囲んでいた同心たちも一斉に立ち上がった。

「そのトヨという孫娘、今のところこの店内の何処からも見つかっていないのではござんせんか」

「見つかるも見つからないもねえやな先生。トヨという孫娘のことなんざあ、はじめて耳にするぜい」

「両親(ふたおや)は共に、はやり病で亡くなっており、この大番頭夫婦がとくに可愛(かわい)がって面倒みておりやしたそうで」と、宗次は骸(むくろ)に向かって両手を合わせた。

「そうかい。それで宗次先生は二階へ上がって来なすったのかえ。で、おツネ婆さんに会いてえというのは、そのトヨの行方について訊くつもりなんだな」

「へい。その幼子がこの広い店屋敷(たなやしき)の何処ぞに震えながら隠れているとしても、早く見つけてやらにゃあなりやせん。三日も四日もそのままじゃあ、四歳の幼い体は衰弱してしまいやす」

「うん」

「おツネ婆さんは耳が遠いうえ、怯(おび)え切って言葉も口に出せねえ様子、と聞いておりやす。大崎様、この浮世絵師にひとつ、おツネ婆さんを任せて下さいやせんか。絵言葉ってえ方法もありやすもんで」

「おう、絵言葉なあ。なるほど……よし判った。先生に任せよう。おツネ婆さんを奉行所に連れていったのはお前(めえ)さんも顔を見知っている島根弥市郎(しまねやいちろう)という同心だ。島根に与力頭の許しを得たからと告げて、おツネに急ぎ会ってみてくれ」

「有り難うござんす。押し込んだ野郎たちの人数も訊き出せるやも知れやせん」

「そうだな」

「それにしても……見たところ大番頭夫婦も、脇腹から膝頭にかけてを見事と形容してもいいほどに真っ直ぐ割られておりやすね大崎様」

「うむ。二番番頭もそうだった。下手人は相当な手練と見た方がよいな。一階ではこの店の用心棒らしいのが、一刀のもとに斬られておるしな」

「剣術のことはよく判らねえ私ですが、私も相当な手練が押し込んだと見ておりやす。合点がいかねえのは、金蔵が破られていないらしいことでござんすが……」

「ま、その辺りのことは、今から与力同心でしっかりと調べてみらあな。先生はとにかく急ぎツネに会って何か一つでも訊き出してくんねえ」

「承知いたしやした。それじゃあ私は奉行所へ向かいやす」

「頼んだぜい」

「お任せを……」

宗次は大崎に向かって一礼すると、惨(むご)たらしい現場に背を向けた。

宗次が店の外に出てみると、大変な数の野次馬となっていた。

道具箱を肩に担いで法被(はっぴ)を着込んだ大工、左官、鳶職(とびしょく)風、それに天秤棒(てんびんぼう)を両の肩に通した棒手振(ぼてふ)り商人たちの姿が目立っていた。

「どいてくんない……ちょいと、あけてくんない」

宗次は腰をかがめるようにして、野次馬の中へ分け入った。

「打てば小気味よく響くねえ、あの御方(おかた)はよう」

野次馬の外に出た宗次は、奉行所への足を急がせながら呟いた。

あの御方——与力頭大崎兵衛のことを言っているのである。

大人しそうに見える大崎だが、実は〝下手人素手捕(すでど)り〟の名手として知られた、つまり凶賊に対し滅多(めった)に刀や十手を身構える事がない、柔術(じゅうじゅつ)の達者であった。

五

室邦屋の惨劇をまだ知らぬ江戸の朝は、次第に活気付き始めた。職人、棒手振りたちがそれぞれの職場や商い場所へ向け、威勢よく動き出す刻限になっていた。

顔見知り同士が通りで出会って、「よ、伝さん今からかえ」「今日は夕方まで板橋だい」「気を付けてな」「あいよ」などと大きな声で言葉を交わし、小駈けにすれ違っていく。

この言葉の明るさ威勢のよさが、江戸の朝の特徴でもあったのだが、その明るさを足払いするような室邦屋の惨すぎる惨劇だった。

宗次は北町奉行所へ急ぎながら、室邦屋の金蔵が破られた様子がない事に疑念を深めていた。

室邦屋という瀬戸物問屋の何から何まで――たとえば店の歴史や商い幅など――を、宗次は知り尽くしている訳ではない。いや、むしろ、通り一遍のことしか知らない。なにしろこれまで全く付き合いがなかったのだ。

「室邦屋は大変な老舗」と、宗次が知っているのはその程度の事である。

（室邦屋ほど知られた大構えの店なら金蔵に二千両や三千両、常にあってもおかしくはないはず……）

宗次は、そう読んでいた。その金蔵が破られていないらしいのだ。

（あれほど惨たらしい押し込みをやりやがった以上、下手人の野郎どもは余程のものを狙っていたに違いねえ。カネでないとすると……）

宗次は首をひねった。四歳のトヨの行方がはっきりしないことも、腑に落ちなかった。

（それとも……トヨを連れ去ること自体が目的だったのか……）

と想像し、いや、その結論を出すのはまだ早過ぎる、と宗次は考えを改めた。トヨの行方について、役人たちは広い店屋敷の隅隅をまだ調べ尽くした訳ではないのだ。

案外、台所の板の間の床下あたりから、蜘蛛の巣だらけになって見つかるかも知れない。

「そうなることを願いてえが……」

と、宗次は口に出して呟いた。

「おや宗次殿、今日は朝帰りですか」

不意に横合いから野太い声を掛けられ、宗次は足元に落とし加減だった視線を上げて、歩みを緩めた。

「これは勝村先生、お早うございます。そういう勝村先生こそ、いい所からでも朝帰りですかい」

「おいおい宗次殿。私の背中は老いた母のいる長屋の方を向いておるし足先は寺子屋の方を向いておるのだ」

腰帯に脇差だけを通した浪人と判る四十前後らしい男が、顔の前で手を振って笑った。濃い髭の剃り跡が青青としていて、身なりは貧しそうだが清潔な印象の人物だった。野太い声や濃い髭の剃り跡の割には、小柄でほっそりとした、どこかひ弱そうな浪人に見える。右目に比べ左目のつくりが僅かに小さいことで、それは一層だった。

「これから向福寺ですかい勝村先生」

「うん。わが子を向福寺の手習塾で学ばせたいという親御さんが、このところ急に増えてな。和尚殿の許しを得て教室を二部制にせにゃあならん程なんだ。今日はその二部制でな、朝から嬉しい忙しさだ」

「それは何よりで。先生の御指導の評判がいい事の証でござんすよ」

「宗次殿ほどの人にそう言って貰えると、実に嬉しいのう。朝から、よしやるぞ、という気力が体の内側に満ちてくる」

「勝村先生は、エラぶらねえし明るくていらっしゃる。だから身に付けていなさる豊かな教養も歪んじゃいねえし、したがいやしてその香りは誠に清清しいやな。そこんところを親御さんたちは皆、ちゃあんと見抜いていなさるんでござんすよ」

「そ、そうかな……」

「そうですよう。うちの貧乏長屋のかみさん連中も皆、口を揃えて言ってまさあ」

「では一層のこと、頑張らねばならんな」

「頑張って下せえ。それじゃあ先生……」

「うん。そのうち、また一杯やろう」

「よろこんで」

二人は笑顔で頷き合うと、背中を向け合い離れていった。

勝村勇之助(ゆうのすけ)――宗次が住む八軒長屋の西側に長屋口を真逆に向けて並び建つ矢張り古い貧乏長屋に、老いて脚の不自由な母親との二人住まいだった。

勝村勇之助は掌和宗(しょうわしゅう)・神田向福寺の旧本堂を寺の好意により無償で貸し与えられ、そこで読み・書き・算盤(そろばん)、行儀作法、などを主として町家や商家の四歳以上の子弟を対象に教えている。

旧本堂に倍する広さの新本堂が幕府の手によって庫裏(くり)と経蔵(きょうぞう)との間に建てられてから、すでに一年半が経とうとしていた。

貧しい者へ功徳(くどく)を施すことに熱心な事で知られた向福寺に対する、それが幕府の謝意であった。見返りは特に求められていない。

宗次の足が半町と行かぬ内にとまって、振り向いた。

何かに気付いたかのような、ハッとした感じの振り向きようだった。

「勝……」と、宗次の右手が彼方に向かってほんの少し上がりかける。

だがこのとき勝村勇之助の後ろ姿は、町家の角を足早に曲がり切って、消えていた。

宗次は舌を打ち鳴らした。己れに対する舌打ちであったことは、その顔つきで明らかだった。

「あとで信念（しんねん）和尚に訊いてみるか……」と、宗次は呟いた。

信念和尚とは、向福寺の住職である。その和尚に、宗次は一体何を訊くつもりなのであろうか。

新本堂の襖絵「鶴と菖蒲（しょうぶ）」六枚を、信念和尚が宗次に依頼したことで、以来二人は交流を深めてきた。

「貧しい人たちへ功徳を施すことに熱心な向福寺さんから、絵代を頂戴しようなどとは思っておりやせん。無代で結構でござんす」

宗次がそう言って、和尚が「受け取って貰わにゃあ困る……」と言う絵代を頑として受け取らなかったことで、二人の付き合いは信頼と親しみを一層深めていた。

「そのうち、また一杯やろう」の言葉で右と左に分かれた勝村勇之助と宗次は、「おれ」「おまえ」で肩を叩き合うほど親しい間柄ではない。

居酒屋「しのぶ」で顔が合えば、「やあ……」と席を近付けて盃を交わす程度だ。お互いの住居(すまい)を訪ねたり、訪ねられたり、というようなことは、まだ一度もなかった。

「信念和尚に訊くにしたって、言葉を選んで慎重に訊かなきゃあな」

宗次は思い出したように、また呟いた。余程に大事を訊くというのか。

濠(ほり)の向こうに、北町奉行所が見えてきた。

(考えてみりゃあ、このところ大名旗本家や寺院の襖絵の仕事が増え過ぎだなあ。こりゃあ余り感心しねえやな。俺の本業は、権力側へあまり近付き過ぎちゃあならねえ。水茶屋女や遊女や役者や、町の女子供を描くことを忘れちゃあならねえんだ。江戸の地に足をつけた職人や行商人の働く姿も大事だあな)

腕組してそのようなことを思いつつ、宗次の歩みは北町奉行所の手前で緩んだ。

(とは言っても、大名旗本家から腰低く頼まれりゃあ、正面から断わるのはなかなかに難しい。その頼まれ仕事が襖絵であろうが障子絵であろうが、その仕

事自体が浮世絵師として、この上ない修業に結びつく場合もあるしよ）

と、胸の内での思案をそこで終らせた宗次は、顔を上げて北町奉行所表御門へ足を速めた。南にしろ北にしろ奉行所への出入りは、これが初めてではない。事件絡みであったり、なかったりで、過去に幾度となく訪れている。

「おや、これは宗次先生じゃございませんか」

顔馴染みの年輩の門衛と目が合って、相手が先に笑顔をつくった。

宗次も笑みを返して、言った。

「与力頭大崎兵衛様の使いで、同心の島根弥市郎様を訪ねて参りやした」

「島根様を？」

「へい。急ぎの用でござんす。お取り次ぎ戴けやせんか」

「なら構わねえ。宗次先生のことだ。このままお入りなせえ。島根様は今、玄関式台の左手直ぐの例繰方詰所におられる筈だ」

「さいですか。じゃあ入らせて戴きやす」

「うん。例繰方詰所は玄関先で声を掛けりゃあ、聞こえる近さだから」

「存じておりやす。じゃあ御免なさいやして」

と、普通なら警備にうるさい奉行所の表門を入るのに、こうはいかない。宗次ならではの便宜的はからいであった。それほど過去、凶悪事件の解決に協力してきた浮世絵師宗次である。

宗次が敷き詰められた石畳を進んで玄関式台の手前まで来たとき、盆に湯呑みを二つのせた白髪が目立つ同心島根弥市郎が玄関右手「次の間」から現われて例繰方詰所のある左手の方へ行きかけ、そこで宗次に気付いた。

「なんでえ、浮世絵の先生じゃねえか。どしたい」

と、少し声を落として、島根が式台を一段下りた。怪訝な顔つきである。

応じる宗次も相手に合わせて、声を低くした。

「大崎様のご用を受けて参りやした」

「なに大崎様の？……私を訪ねて来たのか」

「その通りで。実は島根様……」

と宗次は雪駄を脱いで式台に上がり、島根に近付いた。

盆の上で、二つの湯呑みが薄白い湯気を立てている。

宗次は直ぐそこに例繰方詰所があることから、島根同心の耳元へ顔を近付けて囁いた。

聞く島根同心が「うむ。うむ……」と頷いたあと、小声で言った。

「よく判ったよ浮世絵の先生。じゃあ此処で交替だ。儂は次の間に控えているから、うまくやってくれ」

「判りやした。出来るだけのことは。それから、耳の遠いツネさんに対し絵言葉が必要になりやしょうから、筆、墨、紙を急ぎ揃えて戴けやせんか」

「そんなのは例繰方詰所の文机の上に、朝昼晩と揃っておるわ」

そう言いながら島根は、手にしていた盆を宗次に差し出した。

島根は盆を受け取った宗次に例繰方詰所の方を指差すと、黙って頷き玄関右手、与力番所に接している「次の間」へ消えていった。

宗次は、目と鼻の先の例繰方詰所へ足を向けた。

例繰方とは、事件の発生から解決あるいは迷宮入りに至る経過詳細を追跡的に記録して「御仕置裁許帳（おしおきさいきょちょう）」を作成したり、また先の事件の「御仕置裁許帳」を参考に、現在取扱い中の事件の下手人の断罪・情状などの擬律（ぎりつ）を行なって、奉行に上奏することを担（にな）う組織であった。この「御仕置裁許帳」は例繰方にとっては、門外不出と言っていい程の重要書類になっている。

　構成員には多少の増減が見られるものの、おおむね与力二騎（二人の意）、同心四人が務めた。

　宗次は盆を右片手で持ち、左手で例繰方詰所の襖を開けた。

　詰所には、室邦屋の飯炊き婆さんツネのうなだれた姿があるだけで、例繰方与力同心たちは見られなかった。

（七十前後か……）と、宗次はツネの年齢（とし）を読んだ。

「ま、茶でも飲みねえよ、おツネさん」

　宗次は中腰で、文机の上に湯呑みを置いてから、（どうせ聞こえてねえだろう……）と思いつつ、小さく縮こまっている老婆と向き合って正座をした。

（えれえ貧しい身なりじゃねえか。報（むく）われていねえんだなあ……）と思いながら、「さ、飲みねえ」と、もう一度手ぶりでツネを促した。

　老婆が、ようやく顔を上げて宗次を見、「え？」という顔つきになった。

「私（あっし）は室邦屋の御主人から、御内儀の喜寿を祝う姿絵を頼まれたことがある浮世絵師の宗次って言う者（もん）だが、この名前、店の誰かから聞いてねえかい」

「知ってる。奥様から聞いてるだ。江戸一番の偉い絵の先生じゃろ」

なんとツネが、はっきりとした言葉で答えた。ちゃんと宗次の言うことが聞こえているではないか。但し、表情も声の調子もひどい怯えようだ。

容易に恐怖が身の内から去らないのだろう。

「そうかえ、知ってくれていたかえ。けどツネさんよ、私は何処にでもいる普通の絵師だ。けっして偉い先生じゃねえから、勘違いしないでくんねえ」

「わかっただ」

と、意外に素直に頷いたツネであったが、その痩せて小さな肩がブルブルッと大きくひと震えした。

六

ふた時ほどツネに付き合って奉行所を出た宗次の体には、彼女の言葉から受けた衝撃がまだ強く残っていた。

「オラ見ただ。板壁の隙間から行灯が点っている隣の部屋で大番頭さん夫婦が浪人みたいな男に斬り殺されるのをオラ見ただ。そいつが嬢様を連れ去っただ」

「その男の顔は？」

「黒い覆面をしてたから、よくは判んねえ。けど、ありゃ浪人じゃ。ひ弱そうなほっそりとした小柄な体つきで、右目に比べ左目がちょっと小ちゃかっただ」

「なにっ、右目に比べて左目がか……」

「うん、間違いねえ。小ちゃかっただ」

「で、そいつの声は？」

「何も話さなかった。何も……」

長い沈黙のあと突然何かがふっ切れたように、一気に喋（しゃべ）り出したツネであった。下手人が着ていたものの特徴については、全く記憶にないという。

尋常（じんじょう）でない恐怖であったことを思えば、致し方ないという他なかった。

宗次の脳裏には勝村勇之助の顔が張り付いて、容易に消えなかった。

「信じられねえ……あの人である訳がねえ」

呟く宗次の足は、掌和宗・神田向福寺に向かって急いでいた。

住職の信念和尚に会って、是非とも確かめたい事があった。

旧本堂で子供たちを教えている勝村勇之助には、出来れば出会いたくないと思っている。

太陽はすでに頭上、真上にあった。

八軒長屋の自宅納戸に寝た切りの、素姓知れぬ訳ありそうな女のことも気がかりだった。筋向かいに住む屋根葺き職人久平の女房チヨが熱心に面倒を見ているだけに、いま以上負担をかけ過ぎてはいけない、という気持も強い。が、兎にも角にも、女が覚醒してくれないことには、次の手が打てなかった。

「おや宗次先生、そんなに急いでどちらへ？」

後ろから澄んだ綺麗な声をかけられて、宗次の足が止まり上体が少し前へ泳いだ。

宗次は振り向いた。

最近できた真新しい造りの飯屋の角に、二十四、五くらいかと思われる女が立っていた。

その嫣然たる笑みのつくり、腰を妖しくくねらせた佇み方、垢抜けした安物ではないと判る着ているもの――ひと目でいい店が抱える作法心得た玄人女、あるいは大店の旦那衆をくわえ込んでいる三味線の若師匠、という印象の女であった。それでいて、どこか清清しい顔立ちだ。

「これは梅若、久し振りじゃあねえか」

「急ぎ？」

「うん、ちょいとな」

「そのあとは？」

「今日は駄目だ。近いうち浅草寺さんへ連れてってやっから、ちょっと待っていてくんない」

「ほんと？」

「ほんとだ」

「美味しいもの食べさせてくれる？」

「ああ、好きなだけな」

「手をつないでいい？」

「いいともよ。但し『夢座敷』の幸に、手をつなぐ、って言っといてくんない」

「うん、言っとく」

「じゃな……」

宗次は、梅若という女に背を向けて、足を急がせた。

その背に向かって梅若が、にこにこと手を振る。甘えたような笑顔である。

梅若は神楽坂の高級揚屋「新富」の一人っ娘だった。つまり〝跡取り娘〟である。婿を取らねばならないのであった……これが大問題となっているのだが、ま、それは兎も角として。

揚屋とは、幕府公認の吉原遊廓の高級遊女——太夫など——を揚げて遊ぶ、いわゆる「遊び屋敷」を指し、このころ其の数、其の贅沢建築の点に於いて今まさに全盛期に入らんとしていた。

揚屋の対にあるのが置屋——遊女屋——で、上客が訪れた揚屋では「差紙」と称するものを置屋宛てに出し、「ご身分経済的にもこの上ない江戸金持衛門様、只今ご来訪あり、急ぎ兼金太夫(かねかねだゆう)を雇いたし」と求めるのだった。

この「差紙」により高級遊女兼金太夫が、置屋を出て揚屋へ向かう〝道行き儀式〟を、花魁(おいらん)道中とも太夫道中とも称するのである。

明暦(めいれき)三年(一六五七)の大火前までは、揚屋は吉原(旧吉原、現・東京都中央区日本橋人形町あたり)界隈(かいわい)の五町に散在していた。

明暦の大火により吉原が新吉原として幕命(ばくめい)により今の場所(現・台東区千束(せんぞく)あたり)に移る際、幕府は「揚屋は吉原遊廓という組織の一つ」という「一括存在」の判断を下し、広大な〝遊廓区域内〟に揚屋町という新町を設けたのだった。

が、一つだけ例外があった。

それが神楽坂の高級揚屋「新富」である。

旧吉原からも新吉原からも明らかに遠くて太夫道中には乗物(かご)がいる位置にある「新富」が、高級揚屋として今も存続できているのは、明暦三年の大火に焼け残ったという事の他に、驚くべき理由があった。

その訳(わけ)とは……。

宗次の足が、目の前に迫ってきた山門を見て緩んだ。

向福寺であった。

が、宗次はその山門を潜らず、左手に見て白壁沿いに裏山門の方へ回った。表山門から境内に入ると、勝村勇之助の手習塾（旧本堂）を直ぐ正面に見る事になるからだ。

裏山門を入った宗次は、勝手知ったる境内を信念和尚がいるであろう庫裏へ向かった。

小亀が沢山生息していることで知られる瓢簞型の「亀池」の脇を通り、小さな竹やぶを抜けると庫裏の奥まった所――信念和尚の居間に当たる南側に出る。

和尚はいた。居間の東側の畑地でひとり、ゆったりとした動きで鍬を振っていた。年齢は六十半ばを過ぎている。

宗次は、その背から静かに近付いてゆき、「和尚様……」と控え目に声をかけた。

手を休めて振り向いた信念和尚が「おお、これは宗次殿……」と目を細めた。

宗次は、行方の判らぬ室邦屋の幼子トヨについて問うために訪れたのであった。トヨの行方について訊(たず)ねるために訪れた訳ではない。

飯炊きの老婆ツネに「トヨは何処かの手習塾へ通っていたかえ」と訊いた宗次であったが、返ってきたツネの答えは「オラ飯炊きとか庭掃除とかの下働きに過ぎんから、嬢様の日常までは知らねえ」だった。

ツネが「右目より左目がちょっと小さな、小柄でひ弱そうな体つきの黒覆面の浪人」が嬢様を連れ去ったと証言した以上、トヨが何処かの手習塾へ通っていたかどうかを知ることは「非常に重要」と宗次は判断して此処を訪れたのだ。

「精が出ますね、和尚様。腰を痛めないで下さいよ」

「いやなに、いま一段落したところじゃよ。檀家(だんか)から旨い茶を戴いた。飲んでいきなされ」

「今日は忙しくて、そうもしておれやせん。また日を改めて頂戴にあがりやす。山門の前を通りかかりやしたので、和尚様に挨拶(あいさつ)だけでもと……」

「おやそうかえ。じゃあ、葉茶(はちゃ)だけでも少し持ち帰りなされ」

「いえいえ、それも次に頂戴いたしやす。旧本堂の手習塾、評判がいいようでござんすね」

「塾生が増えるばかりのようでな、親御さんの受けもなかなか宜しいようじゃ。旧本堂を取り壊す直前に、どこでそれを聞いたのか、勝村勇之助殿が〝片隅でもよいゆえ是非にも暫く（しばら）の間、手習塾として貸して戴きたい〟と不意に飛び込んできた時は驚いたが、今では貸してあげてよかったと思うておる。貧しい家庭の子も、裕福な家庭の子も差別なく受け入れて熱心に教えていなさるようなのでな」

「何よりでござんすね。少し前でしたか、瀬戸物問屋の室邦屋さんから絵仕事を頼まれやしたが、あいにく忙しくてお受け出来やせんでした。室邦屋さんを訪ねやした折り、店先の板の間でトヨという四歳の嬢様が番頭さんから熱心に算盤を教えて貰（もろ）うていやしたが、徳川（とくがわ）様の世も四代将軍様となって落ち着いて参りやすと、どこの家庭も子弟の教育に熱が入り始めておりやすようで」

「そうじゃな。もう刀や槍や鉄砲よりも、文字、算盤、学問の時代じゃよ。その室邦屋の嬢様もな、勝村塾で教えを受けてなさる」

「そうでしたかえ」

「うん、いつも二番番頭さんの送り迎えでな」

宗次の脳裏に、脇腹から膝頭にかけてを、白骨を覗かせるほど真っ直ぐに断ち割られて絶命した、二番番頭糸二の死顔が甦(よみがえ)った。

七

思わぬ時間を取られて宗次が向福寺をあとにしたのは、八ツ半頃(午後三時頃)だった。信念和尚と別れたあと、やはり勝村勇之助のことが気になり境内の梅林を抜けて杉林に入り、その西端に建つ古い鐘楼(しょうろう)の縁石に腰を下ろして、木立(こだち)越しに旧本堂の「勝村塾」をそっと観察していたのだった。

枝枝の重なりが邪魔になって教室内は充分に目に入らなかったが、勝村勇之助の教育にかける熱意は、聞こえてくる声の調子、塾生たちの間を動き回っているらしい気配などから、充分に察せられた。

授業の刻限から、第二部の教室と思われる其処(そこ)には、幼いトヨがいる筈もなく、また姿を認めることもなかった。

トヨはその幼さから、恐らく午前の教室（第一部）に通っていたに相違ない。

昼飯をまだ摂（と）っていない宗次であったが、まったく空腹を覚えていなかった。

彼は八軒長屋で眠り続けているであろう素姓知れぬ女のことが気になり、足を速めた。向福寺から遠ざかるにしたがって、なんだか嫌な予感が頭の後ろあたりで蠢（うごめ）き出していた。

「くそっ……」

宗次にしては珍しく、苛立（いらだ）ちの呟きがその口から漏れた。耳が遠くなかった飯炊き婆さんツネの皺（しわ）深い顔、円（つぶら）な瞳のトヨの顔、そのトヨを勝村塾まで送り迎えしていた二番番頭糸二の恐怖に満ちた死顔。八軒長屋で眠り続ける素姓知れぬ女の顔、それらが入れかわり立ちかわり頭の後ろで現われたり消えたりしていた。それらが宗次を、いつになく苛立たせた。

急に日が陰ったので、宗次は足を止め空を仰（あお）いだ。

吸い込まれそうに青く澄みわたっていた空であったのに、いつの間にか灰色の雲が四方の彼方にまで広がり、そのひと隅に鋭い光が走った。

（降りやがるな……）と宗次が思ったとたん、ズダーンという雷鳴が江戸の町を押し潰さんばかりに轟いて、通りを往き来していた誰彼が悲鳴をあげ、首をすくめて町家の軒下などに駈け込んだ。

灰色の雲が、煮えくりかえって、空が、みるみる暗さを増してゆく。

（仕方がねえ。安井亭で何か腹へ入れるか……）と、宗次の判断は早かった。

少し先に見えている小さな赤い鳥居を目指して宗次は足を急がせた。

またしても稲妻が空を裂いて、同時に耳をつんざく大雷鳴が天より落下。

人人の悲鳴と共に、江戸の大地がぶるぶると震えた。

宗次は安井稲荷神社の小さな赤い鳥居を潜った。

この辺りでは神田湯島界隈の守り神として知られた比較的大きな神社で、キツネとタヌキとイヌを祀るところがちょっと変わっており、年に二度ある例祭の日は人人を呼んで大層な人気であった。

宗次が潜った小さな赤い鳥居は、安井稲荷の裏口に当たる。

表口の赤い鳥居は相当に大きく、その表口から延びる参道の両側には煮売茶屋、水茶屋、葉茶屋、屋台そば、などが立ち並んでいた。

宗次が（安井亭で何か腹へ入れるか……）の「安井亭」は、表口の大鳥居そばに在（あ）る煮売茶屋「安井亭」を指していた。

亭主（あるじ）の名は得左衛門（とくざえもん）。

また宗次の頭上で閃光（せんこう）が走り、雷鳴が天地を揺るがした。

薄暗くなった神社の境内はすっかり人影が絶えていた。

宗次は神殿の階段下で手を合わせてから、階段下の両脇に並んで祀られている大きな石造りのキツネ、タヌキ、イヌの頭を二度ずつ撫（な）で、竹林の道へ入っていった。石畳が敷かれ、ゆったりと造られている表口と裏口を結ぶ道だった。この石畳の道が、例祭の日などは身動き出来ないほどの人で埋まる。

道の両側に広がる竹林は、「稲荷タケノコ」の名で知られたやわらかく美味しい筍（たけのこ）を多く産出する。江戸市中には竹林が至る処にある。

ぽつりと頬に当たる冷たいものがあって、石畳の道の中程で宗次の足がまた止まった。

「降ってきやがったか……」と呟いて空を仰いだ宗次であったが、繁茂（はんも）する竹の枝が空を覆っているため、雨粒を落とし出した暗い空は望めない。

一陣の風が竹林を吹き流れるザザアッというどこか重苦しい音。

歩き出そうとして一歩を踏み出した宗次が、そのまま体の動きを止めた。まるでハッとしたような、止めようだった。

再び竹林がザザアッと鳴って、吹きちぎれた数え切れぬ程の竹の葉が宗次に降りかかる。

宗次は、そろりと体の向きを変えた。

いつの間(ま)にそれほど近くまで忍び寄っていたのか、深編み笠をやや前落とし気味にかぶった浪人風の二本差しが、僅かに七、八間(けん)離れた其処に立っていた。見るからに、ひ弱そうな痩せた小柄な体つきである。

飯炊き婆さんツネが言った斬殺犯、そのままの体つきであった。

ただ前落とし気味にかぶった深編み笠で、その二本差しの目つきまでは判らない。

「私(あっし)をつけて来やしたかえ」

訊(たず)ねる宗次に対し、相手は無言だった。

宗次は繰り返した。

「私をつけて来やしたかえ、それとも行き先が偶然同じですかえ」

「……………」

相手は答えなかった。

「おうっと止しにしなせえ。此処は神田湯島の守り神でござんすよ。白刃は鞘に納めなせえ」

答えぬかわりに、腰の大刀を鞘から静かに滑らせた。

「目ざわりな」

「目ざわり？　私がですかい」

答えながら宗次は、野太い相手の声を勝村勇之助に間違いない、と読んだ。しかし目つきを確かめるまでは断定できない。

「私はお前さんに刃を向けられる覚えはござんせん。頼むから止しにしてくんねえ」

「そちらに覚えはなくとも、こちらにはある」

「ちえっ、ふざけるねい」

宗次は雪駄を後ろへ脱ぎ飛ばした。

相手が大刀をダラリと下げたまま、宗次に先ず三歩迫った。

宗次は腰を下げ、腰帯をヒヨッと軽く鳴らして愛用の長煙管を抜き取った。煙管づくりの名人、神田甲州屋金三郎の作である。

総鋼製で、吸い口から三、四寸の辺りに、何の目的でか目立たぬかたちで小さな突起が付いている。

宗次はその長煙管を右手で顔の前に垂直に立て、左手は五本の指をバラリと広げて相手の方へ突き出した。

まるで「ちょいと待って下せえ」と言っているような、左手の出し様であった。

宗次から二間近くにまで二度の足休めで迫った相手は、ようやく動きを止めて僅かに腰を沈め、切っ先を右下段とした。

(こ、これは凄い……皆伝どころの腕ではない)

と、宗次は驚いて、顔の前に垂直に立てていた長煙管を真横に倒した。

これに対し相手は、右下段の切っ先を、右脚の後ろ側、ふくらはぎの陰に隠した。

宗次は思わず、生唾を飲み下した。

稲妻が走った訳でもないのに、暗天が怒りを迸らせたかのように激しく鳴動。

その鳴動が宗次にとって、かつてない凄まじい激闘の始まりの合図であった。

八

冷えきったような無言の対峙が続いた。どちらも微動だにしない。

小雨が降ったり止んだり、竹林がザザアッと鳴ったり鳴らなかったりが、二人の無言の対峙の中で繰り返される。

それが一層〝冷え〟を増幅していた。

まるで舞台の人気役者のようにゾッと冷え切った美しい身構えの二人。凄み、力みの漂いは皆無だった。ひたすら役者絵の如く綺麗に身構えて、全く動かない宗次と深編み笠。

と、二人の頭上が黄金色の絵の具を流したように一瞬まばゆく輝き、直後にドンと大砲を撃つような音が轟いて大地がひと揺れした。

動き出した。

深編み笠が先ず、ジリッと動き出した。その綺麗な身構えを一片たりとも崩すことなく左回りで動き出した。微かに動き出した。当たり前の者にはその動きが認められないほど微かに。

(凄え……目で捉える事が出来ない程の、この小さな足運び……只者じゃあねえ)

と感じつつ、宗次も左へそろりと回り出す。

宗次は長目とはいえ長煙管。深編み笠は二尺五、六寸はある大刀である。

それでも刺客――深編み笠――は宗次に打ち掛からない。まるで宗次を観察し尽くすかのような冷え切った〝静けさ〟だった。

しかし、それが破られる刻が訪れた。不意に訪れた。

二人の頭上が閃光も無く、再びドンと大音を放った。

その瞬間だった。いや、同時と言ってもよかった。まるで雷鳴を待ち構えていたかのような見事という他ない同時。

　刺客が地を蹴った。蹴った時にはもう唸りを発して、大刀の切っ先が宗次の眉間に打ち下ろされていた。

　宗次の長煙管が辛うじて防いだ。ガチンと鋼と鋼が激突して青い火花が散る。

　もう一度、暗殺剣が宗次の眉間を空気を唸らせて狙った。これも長煙管は防いだ。

　防いだと宗次が思った刹那、相手の切っ先は眉間打ちから、喉突きへと激変していた。宗次に予想をさせない光の如き業の変化。

　反射的にのけぞって避けようとした宗次の顔が「うっ」と歪んだ。

　喉元から、噴き出すように血が飛び散る。

　斬られていた。突き穴をあけられたのではなく、斬られていた。

　疾風の如き突き業の切っ先を、喉に届いた瞬間、横に払ったのか。

　宗次は、よろめいた。よろめいて咳きこんだ。咳きこんで更に血が噴き出した。

小幅に一度退がった刺客が、小柄な全身を丸めるようにして、矢のように宗次に突入。

切っ先三寸が宗次の顎を突いた、右肩を打った、左膝を払った。これでもか、と休まぬ猛烈な連続打ち。目の覚めるような暗殺剣の閃き。

よろめく宗次の長煙管が、ガチン、チャリンと懸命に防ぐ、防ぐ、さらに防ぐ。

刺客がまた小幅に退がって、上段構えをし、面、面、面、面と猛烈な一点打ち。計算があるような凄まじい一点打ちだった。

「うっ」と呻いた宗次が大きく飛び退がってよろめく。

右手にしていた長煙管が、半分ほどに断ち切られていた。

それこそが、刺客の計算であったのか。

「ふふふふっ」

それが一休みなのか深編み笠の中で、覗かせぬ刺客の顔が笑った。〝声が笑った〟と言った方が似合うような、不気味な笑い。

「確信」の笑いでもあるのか。

宗次の顎の先からも、鮮血がしたたり落ちた。二つ目の傷を受けていた。顎の先が割れているのが、自身にもはっきりと判った。こわばる宗次の顔。圧倒されている。

宗次は、それでも短くなった煙管を右手から手放さない。そして、目を細めた。

「閉じた」と相手には見えているかも知れぬ程に目を細めた。

〝目の動き〟を相手に、さとらせないためであろうか。

「ふふふふっ」

刺客が深編み笠の中で、また笑った。今度は、小馬鹿にしたような響きがあった。わざとらしい、響き。

目を閉じた、いや、細めたまま宗次は右脚を引き、右腰を軽くひねり気味に下げた。

短くなった煙管を持つ右手が、実に自然にそのひねり腰の陰に隠れる。

「おわりだ」

深編み笠の中から、宗次に向かって最後通告がなされた。

い。

「ほっほっほっほ……」と、これもわざとらしい、しかし薄気味悪い刺客の笑

その笑い声の最後尾が切れた途端、暗殺剣は稲妻と化した。

切り裂かれた空気が、弓の弦を引き鳴らしたような音を震わせる。その〝震え音〟の中を暗殺剣の切っ先は、空間を抉り取るように左へ旋回しつつ、宗次の心の臓へ。

達したかに見えたか、見えなかったか――その計ることの不可能な僅か過ぎる一瞬に、なんと宗次がその切っ先へ自身を突入させた。

ザクリと肉を突き破る残忍な音。悲鳴をあげ転倒する宗次。

と誰もが思ったであろう――見守る群像がいたならば――直後、宗次の右手が、すくい投げるように煙管を放った。

それが深編み笠の中へと音も立てずに向かった。至近距離から。

「おっ」と上体を反らせ気味に切っ先を迷わせた刺客。

このとき宗次は、その切っ先を左脇へはさみ込むようにして、深く相手に踏み込みざま、相手の腰から脇差を抜き盗っていた。

慌て気味に、刺客がひらりと後方へ六、七尺飛び退がって、腰低く下段に身構える。

明らかに狼狽（ろうばい）を見せている腰の低さ。呼吸（いき）も乱れている。

顎から下、噴き出す血で朱（あけ）に染まった宗次が脇差を右肩にのせ、相手と同じくらいに腰を下げた。

閉じたように細い目、止まる様子のない噴き流れる血。が、驚くべきことに、宗次の呼吸（いき）は次第に鎮（しず）まってゆく。いまにも絶えるのでは、と思われる程に。

そして、事実、宗次の呼吸（いき）は静止した。

「うぬ……」

と、刺客が僅かに呻く。呻いて二歩、宗次に摺（す）り足で向かったが、再び元の位置へ戻った。

それを二度繰り返し、刺客の切っ先が苛立（いらだ）ったように揺らいだ。

「消えなせえ、まだやるってんなら、次は斬る」

宗次が沈黙を破った。呟くようにして破った。

「斬るだと……ふん、その血まみれでか」

刺客は、あざ笑った。あざ笑ったが、笑いになっていない硬さ。

「試してえなら、向かってきなせえ……」

「おのれっ」

刺客は三度目、摺(す)り足で二歩、宗次に迫った。が、其処までだった。

動けなかった。血まみれの宗次を目の前にして、刺客は動けなかった。

怯(おび)えを見せたり、すくみ切っている様子ではないのに、動けなかった。

一方の宗次は、「静」の中へ完璧に己(おの)れを沈ませていた。血まみれの体が、ひと揺れもしなくなっている事が、その証(あかし)だった。

「くそっ」

刺客は五、六歩を退がって暗殺剣を鞘(さや)に納めると、踵(きびす)を返した。

その後ろ姿が充分以上の距離を開けたことで、宗次はようやく身構えをゆっくりと解いた。

解いた右手が、前方へ向けて刺客の脇差を投げ放つ。

ヒョウッと音立てて翔(と)ぶそれは、刺客の左耳をかすめ、その先の太い青竹に命中して貫き、節から節までを裂き割った。

「あばよ」

宗次も踵を返した。が……やはり、大きくよろめいた。顔が歪んでいた。

九

江戸でその名を知らぬ者がない神田の高級料理茶屋「夢座敷」。

女将(おかみ)の幸(こう)は、その離れにある自分の居間で、先程から嫌な予感に見舞われ、文机(ふづくえ)の前に身じろぎもせず正座し続けていた。頭上で唸り続ける雷鳴。

(まさか……お前様の身に……)

と、胸の内で幾度となく呟き、その都度打ち消しては、不安を大きく膨らませる。

まれに見る幸の美貌。そのやわらかく漂い見せる品のよさ、また雪のように白い透き通った肌を指して、江戸の男どもは「天から下(くだ)った吉祥天(きつしようてん)の生まれかわりか」と憧(あこが)れる。

商人(あきんど)も職人も侍(さむらい)も、そして僧侶までもが。

「何事もありませぬように……」

幸はか細く呟いて、祈るように胸の前で両手を合わせた。

今日、宗次が訪れるという約束がある訳ではなかった。

宗次の絵仕事が休む間(ま)もない大変な忙しさ、と承知している幸である。

宗次とは暫(しばら)く会っていなかったし、こちらから八軒長屋へ訪ねる事もしていなかった。絵仕事の邪魔をしてはいけない、という思いを欠かしたことのない幸である。

それだけに、不意に襲いかかってきた不吉な予感で、幸はおののき美しい表情を曇らせた。

障子の向こうで閃光が走り、バリバリドドーンという凄まじい音。落ちたか。

が、その雷鳴は、ほとんど幸の耳に入っていなかった。

文机の上にのっている、柄(え)付きの小さな鈴。

幸は不安に押されるような表情で、その鈴に手を伸ばした。

柄の部分を持ち左右に振ると、リンリンリンと澄んだ音が鳴った。透明なよく通る響きだ。

店棟(たなとう)と離れとを結ぶ渡り廊下の辺りで、すぐに足音がし、それが急ぎ調子で向かってくる。

ザアッと叩きつけるような雨音が始まった。まるで豆を煎(い)るような音。

「女将(おかみ)さん」と、障子の外で若い女の声がした。

「どうぞ入って……」

「はい」

障子が静かに開けられ、廊下に背すじを伸ばし姿勢正しく座る二十四、五に見える若い女の姿があった。幸より一つ二つ上に見える。

廊下と並ぶかたちで庭に面し、ゆったりとした濡れ縁が設(しつら)えられている。

「いいのよ、お入りなさい梅ちゃん」

「失礼いたします」

女は女将幸に向かって深く頭(こうべ)を下げると、作法一糸(いっし)の乱れもなく、さらりと滑るようにして座敷に入り、障子を閉じた。

なんと、幸が「梅ちゃん」と優しく口にした、清清しい顔立ちのこの女性は、神楽坂の高級揚屋「新富」の一人娘梅若だった。

「新富」の〝跡取り娘〟としての本名は梅の一文字。婿を取って「新富」を継いでいかねばならぬ立場の娘であることについては既に述べた。

しかし、肉感的な妖しい体つきの二十四、五だというのに、男顔負けの気性の激しさから、「ふん、婿取りなんてイヤ……」の考え改まらず、困り果てた父親多治郎衛門が「なんとか〝女〟をきちんと仕込んで下され」と、「夢座敷」の幸に頭を下げて頼み込んだのだった。

幸の亡き亭主つまり「夢座敷」の元主人と多治郎衛門は、将棋仲間として年齢の差を超え、長い付き合いがあった。

今も「夢座敷」と「新富」は、表と裏ほどの営みの違いを超えて付き合いを絶やしていない。

梅若は、梅の「夢座敷」に於ける源氏名だった。

その梅若が、幸を見て眉をひそめた。

「どうなされました女将さん。顔色が宜しくございませんが」

「梅ちゃん、どういう訳か先程から嫌な予感がして……」

「嫌な予感……でございますか」

「そう、心の臓が痛くなる程の胸騒ぎが」

またしてもズダーンと怒りまくる雷鳴。障子の中が真っ白になる程の閃光に、男まさりの梅若も思わず首をすくめた。

「もしや……宗次先生のことでしょうか」と、その声がさすがに少し震えている。

「ええ、あの御人が大変な目に遭ったとき、決まって私は胸騒ぎに襲われます」

「女将さん、私、その辺りをちょっと見て参ります」

「この雷では危ないわ。雨もひどいしお止しなさい」

「でも女将さん、大丈夫ですから。私、平気」

梅若がそう言って立ち上がろうとしたとき、閉じられた障子の向こうから微かにギイッという音が伝わってきた。

これは幸が、出入りの大工に頼んで、わざと軋むように工夫して貰ったもの。せいぜい離れの座敷まで届く程度に。

それを聞かされ承知している梅若であったから、ハッとなって幸と顔を見合わせた。

幸が「お前様……」と呟き、ほとんど同時に梅若は障子を開け廊下の庭側、濡れ縁に飛び出していた。

吹き込む激しい雨、雨、雨。

だが梅若は「あっ」と小さな叫びを発して、激しい雨をものともせず、そのまま裸足(はだし)で庭に飛び下りた。

顎から下を血まみれにした宗次が、裏木戸にもたれかかっていた。

雨に打たれたことでか血が固まらず、噴き出し続けている。

幸の美しい表情がキッと引き締まり、素早いてきぱきとした動作が始まった。箪笥(たんす)の引き出しを開け、白布(包帯様(よう)の)、薬草を発酵(はっこう)して得た消毒薬、化膿(かのう)どめ、消炎塗布薬などが次々と文机の上に揃った。

梅若に支えられるようにして、ずぶ濡れ血まみれの宗次が、よろめきながら座敷に入ってくる。

「すまねえ、幸……」

　宗次は言うなり、ドスンと音立てて座り込んだ。

　その拍子に、鮮血があぶくと共に喉元からあふれ出した。

「宗次先生、早く横になって下さい」と、梅若が今にも泣き出しそうに悲鳴をあげる。

「この喉傷では横になっては駄目。お前様、辛いでしょうけど、このままの姿勢で耐えて下さい」

「大丈夫だ」

「喋らないで、お前様。梅ちゃん、お店の誰か若い人を柴野南州先生まで走らせて頂戴」

「お店の人を動かすと、宗次先生のひどい怪我が誰彼に知られてしまいます。私が南州先生まで走ります」

「梅ちゃんは駄目。お父様から預かっている『新富』の大切な一人っ娘だから」

「いいえ女将さん、私に走らせて下さい。私が行きます。私、女将さんも宗次先生も大好きですから」

「梅ちゃん……」

「これでも私、神楽坂御殿と言われている『新富』の跡継ぎ娘ですから」

言うなり梅若は「いけません」と幸が止めるのも聞き入れず雨激しく降りしきる庭に飛び出し、裏木戸から駈け出ていった。

幸の応急手当が始まった。

「この雷と雨だ。誰にも見られずに此処まで来れたようだから安心しねえ、幸」

「喋らないで、お前様」

そう言う幸の目から、たちまち大粒の涙がこぼれ落ちた。

「血が……血が止まりませせぬ」

と、幸の手がぶるぶると震え出す。かつてない深手と幸には判る宗次の負傷だった。原因・理由などを訊く余裕は、幸にはもはやなかった。

(あなた……あなた……大切な私の御人をどうかお守り下さい)

幸は天上の亡き夫に頼んだ。胸の内で叫んで必死に頼んだ。

幸の両手は、噴き流れる宗次の血で、真っ赤に染まった。

十

「これで宗次殿を治療するのは幾度目になることやら。全く一体、何があったというのかのう。いつも驚くのは、皮膚の下に隠されて表向きそうとは見えぬ尋常でない筋層の発達じゃ。それは強靭という言葉を通りこして、もはや鉄のようなと形容したくなる程でな。その当たり前でない筋層が此度も致命傷となるところをしっかりと防いでくれておる。大丈夫、死にはせん。安心しなされ。この不思議な浮世絵師は、此度も治りが早かろうて」

宗次の治療を済ませた柴野南州は、目を赤くして心配する幸と梅若にそう優しく告げると、幸の応急手当を目を細めて誉め、引き揚げていった。

宗次は、柴野南州の治療によって出血が止まる頃から、眠りに陥っていた。

呼吸は落ち着いている。

「よございましたね女将さん。一時はどうなることかと、私は目の前が真っ暗になっておりました」

「ありがとう梅ちゃん。でも二度と、暴れ雷の中へ飛び出すような真似(まね)はしないと約束して頂戴」

「はい」

二人は顔を見合わせて静かに微笑み合った。

「それでは女将さん、私は自分の部屋へ戻りますから、何かありましたら鈴で呼んで下さいますすか」

「ええ、その時はお願いね」

「それでは、下がらせて戴きます」

梅若が出てゆき、静けさを取り戻した座敷で、幸はいとしい人の顔をじっと見つめた。

(お前様がお命を落とすようなことがあれば、私(わたくし)も必ず後を追っておそばへ参ります)

幸は胸の内でそう呟くと掛け布団の下から覗いている宗次の手に、自分の雪のように白い手を重ね合わせた。

今や江戸の男という男が恋いこがれる絶世の美女、幸。一言でもいいから話を交わしたい、指先軽くでもいいからその雪のように白い肌にチョンと触れてみたい、一言の話を交わせなくともよいからたとえ数歩でも肩を並べて歩いてみたい、江戸の男どもがそう渇望する幸の胸に熱くある男はたった一人。

今は亡き大剣聖、従五位下・梁伊対馬守隆房を父（養父）に持つ天才浮世絵師宗次、この人だけであった。

そしてこの人の素姓、実の姓名というのは――が、まあ、それは此処ではよいであろう。

宗次の手に自分の手を触れ、じっと見つめる幸の美しい表情はようやく落ち着きを取り戻し、幸せそうであった。

共に忙しく、このところ二人だけになることが少ない宗次と幸である。

幸は刻の経つのを忘れた。身じろぎひとつせず、ひっそりとしたまなざしで宗次を見続けた。

（私は一日でも早く、お前様の御子を産み、この世に残しておきたい。ねえ、お前様、この幸にその喜びを明日にでも与えて下さいまし。明日にでも……）

そう胸の内で話しかけながら、幸は穏やかに眠り続ける宗次の手をそっと撫でた。

どれ程の刻が経ったであろうか。

座敷に近付いてくる足音を幸は捉えた。なるたけ音立てぬよう気配りしている足音だと幸には判った。一人ではなく、二人と見当もついて、一人は梅若の足音に違いないと確信した。

「女将さん」

障子の外で辺りをはばかる囁くような声があった。

やはり梅若だった。

「梅ちゃんね、どう致しましたか」

「いま少し宜しゅうございましょうか」

「ええ、お入りなさい。お客様ですね」

「は、はい」と、梅若のややとまどい気味な応えがあって、幸は宗次の手から自分の手をはなし、姿勢を正した。凛として近付き難い美しさを早くも取り戻している。

障子がそろりと開いた。どこか遠慮がちに……。

正座する梅若の後ろに、やはり正座している白髪の人物がいた。

「これはまあ……」と、幸が少し驚きを見せる。

「仰天の余り早駕籠を飛ばし、こうして勝手に駈けつけて参りましたよ」

「ささ、どうぞ中へ……」

梅若の父親、神楽坂の高級揚屋「新富」の主人多治郎衛門五十三歳であった。揚屋の主人というよりは、どこか侍のような風貌である。風格とか貫禄とかいうよりも、切れ者、という印象だった。

梅若が敷居に両手をついた姿勢のまま言った。

「柴野南州先生の所へ駈けつけまする途中で、『新富』と『吉原』との連絡役を務めている下僕頭の新吉に出会い、宗次先生が傷を負うたことを父に伝えるように、と告げてしまいました。動転した状態にあったとは申せ、女将さんのお許しもないままに、勝手な事を致してしまいました。どうかお許し下さりませ」

なめらかに詫びて頭を下げる娘を、すぐ後ろに控えている父親多治郎衛門が

「ほう……」というような顔つきで眺めた。このような娘の姿・様子に接するのは初めてなのであろうか。なにしろ男まさりの娘であった。

「梅ちゃん、『新富』の多治郎衛門様は、『夢座敷』の女将幸を訪ねて参られたお客様です。お客様のご面前で自分の詫び口上を先に述べるような見苦しいことを致してはなりませぬ。お客様にきちんと座敷内に入って戴きなさい。あなたの詫び口上は、のちほどお聞き致します」

「は、はい。申し訳ございません」

梅若は慌て気味に体を横に開くと、小声で多治郎衛門を促した。

多治郎衛門が座敷に入ると、梅若は静かに障子を閉じ、茶の用意でもするのであろう、引き揚げていった。

「ようこそ訪ねて下さりました多治郎衛門様。柴野南州先生に診ていただきましたが、宗次先生の傷は深手であるものの命には別状ないとのことで、ひと安心致しましたるところです」

「そうですか、それはよございました。本当によございました。なによりでしたな。宗次先生には『新富』二階の襖絵を昨年見事に仕上げて戴きましただけに、下僕頭の新吉から報告を受けた時は、そりゃあ腰を抜かすほど驚いてしまいましたよ」

「私（わたくし）も此度（こたび）につきましては、いつにない大きな衝撃を受けまして、心底から震えあがり取り乱してしまいました」

「一体何が原因でこのようなことに？」

「さあ、まだ判りませぬ。宗次先生からは何一つうかがっておりませぬから」

「今や国宝級と称してもいいような素晴らしい絵を描きなさる宗次先生です。先生の身にこういう事がたびたび生ずるようならば、外を出歩きなさる時は用心棒を、という事も考えねばなりませぬかねえ」

「用心棒といいますのは宗次先生の御性格からして……」

「好まれませぬか。いや、好まれませぬでしょうな。そういう気が致します。先生の人柄・姿にも用心棒は合いそうにない。いずれにしろ、大名旗本家にも出入り少なくない宗次先生の負傷については、なるたけ世間には伏せておくが宜しいでしょう」

「ええ、私（わたくし）もそう思っております。幸い『新富』下僕頭の新吉さんは口の堅い誠実な老爺と承知いたしておりますから、ホッといたしております」

「はい。新吉ならば大丈夫です。安心です。それにしましても女将、梅は変わりましたな。随分と変わりました」

「そうでございましょうか。私より一つ二つ年上である筈ですのに、まるで姉に対するように礼儀正しく親しんでくれましてね」

「そりゃあ女将の美しさ品の良さの前に出ますと、年上の女といえども身が引きしまりましょう。いやあ、梅にはいい勉強になっているようですなあ。有り難いことです」

「けれども女としての気位が梅ちゃんの身の内で正しく育ってゆきますると、かえって婿取りが難しくなるかも知れませぬ、多治郎衛門様」

「実は儂も近頃、そう考えるようになっておるのですよ。親の力で婿を取るよりも〝自分で見つけろい〟と突き放した方が梅の仕合せになるのかな、と」

「あるいは、という気が致さぬでもありませんわね。梅ちゃんは自立の気持の強い女性のようですゆえ、自分の進む道は自分でしっかりと見つけられるかもしれませぬ」

「旧吉原(なか)からも新吉原(なか)からも遠い位置に在(あ)る『新富』であるにもかかわらず、左甚五郎(ひだりじんごろう)のせいで、幕府から特別に目をかけられて存続を許され、名門揚屋だの高級揚屋だのと持ち上げられていることが、あるいは梅には重荷なのでしようかねえ」

「そのような気の弱さなど、梅ちゃんにはないと私(わたくし)は思いますけれど」

「それならいいのですが……」

どういう経緯でか、先先代の頃から神楽坂に存在した揚屋「新富」。

そして先代の頃には、幕府の遊廓政策にひっかかって「新富」は取り潰しの瀬戸際に追い込まれた。が、役人たちがその贅(ぜい)を尽くした建物を調べるに及んで、幕閣は騒然となる。

「新富」の二階大広間から、なんと左甚五郎作の「眠り猫」が発見されたからだ。はじめは「左甚五郎作に似た贋作(がんさく)」という見方であったが、幕府が念のためにと、この道の大家二人に命じて鑑定させたところ、「間違いなく左甚五郎作」となって大騒ぎとなった。

そもそも左甚五郎作の「眠り猫」は、徳川(とくがわ)将軍家とは切っても切れない、いや、徳川将軍家そのものと言っても過言ではない日光東照宮にある。

それと全く同じものが、ほぼ同じ規模で「新富」の二階大広間から発見されたという訳なのだ。

この「新富」を取り潰すということは、日光東照宮を取り潰すという意味にもつながりかねない、と今度は幕閣が「取り潰す」「取り潰さない」「いや取り潰せない」で窮地に追い込まれ大揺れとなった。

囂囂たる議論の結果選択されたのは、「新富」の永久存続を認む、であった。

つまり事実上、徳川幕府が「新富」の後ろ盾となったのだ。

ここから一気に「新富」は、名門あるいは高級という看板を背負って勢いを増していくこととなる（左甚五郎・伝説上の人物と見られる。但し、要研究）。

十一

宗次が薄目を開けると、すぐ目の前に幸の何とも言えぬ美しく優しい笑顔があった。

掛け布団から出ていた自分の右手が、幸の両手に包まれていると知って「心配かけちまったな」と宗次は短い言葉をかけた。

幸は何も言わなかった。ただ微笑むだけだった。

「雷も雨も止んだのか」

問われて幸は、矢張り何も言わず頷くだけだった。

宗次は続けた。

「ここ迄は誰の目にとまることもなくどうやら辿り着けたい。しかしそれは、ごく当たり前の人を指して言えることでな、あいつに尾行されなかったかどうかについちゃあ、今度ばかりは自信がねえやな」

「あいつ？」

幸がはじめて言葉を出し、笑みを消した。

「おうよ、あいつだ。小柄なあの野郎でい。この私に斬りかかりやがった小柄な凄腕のな。剣の流儀は判らねえが」

と、いつものべらんめえ調の宗次であった。

「余り長話はよくありませぬ」

「障子の外が暗えな。すでに日が沈んでおるのかい」

「よくお眠りでございましたもの。二、三日はここでゆっくりとお休みなされませ」

「いや、そうもしておれねえんだ」と、宗次の脳裏に、八軒長屋で眠り続けているであろう素姓知れぬ女の顔が浮かんだ。

「いま動きなさいますと、せっかく柴野南州先生に治療して戴いた傷口が、また開きは致しませぬか」

「それでも八軒長屋へは戻らねばならねえ」

「明日の朝では駄目でございますの?」

「なに、此処から八軒長屋までは、さして距離はねえやな。すまねえが幸、預けてある大小刀を出してくれめえかい」

「あい」

幸は胸を痛めた。宗次が自分から「大小刀を出してくれ」と口にしたことは、これまで一度としてない。

それだけに宗次に斬りつけた何者かが、考えられぬ程の手練、と幸にも想像がついた。

　幸は奥座敷へゆき箪笥の引き出しを開けて、黒柄の大小刀を取り出した。これまで預かっていたのは白柄の大小刀であったが、長雨が続いた先月のはじめ、「研ぎに出さねばな……」と宗次が訪れて持ち帰り、かわって預かったのが黒柄の大小刀であった。

　幸は、この黒柄の大小刀の銘をまだ聞いていない。また、自分から問うような幸ではなかった。

　宗次がゆっくりと寝床の上に体を起こし、幸が差し出した大小刀を「すまねえ」と受け取った。

　もとより、血に染まった着物などは、幸の手によって着替えは済まされている。

「どうしても八軒長屋へお戻りに？」

「うむ」

「私が付き添えば、お邪魔になりましょうか」

「私にとって幸が邪魔になど、なろう筈がねえだろう。が、しかし今宵は駄目だい。よしねえ。私に斬りかかった凄腕の小柄野郎が何処から現われるか知れたもんでもねえ」

「でも幸は……」

「茶漬を食してえな。すまねえが用意をしてくんねえか、幸」

「はい、直ぐにも」

「今宵も夢座敷は大層な賑わいじゃねえか、この座敷は店に近過ぎる。北側の庭に面した十畳の座敷の行灯を点してくんねえ」

北側の庭とは、「夢座敷」にとっては裏庭の位置に当たり、それに面した十畳の座敷は店棟から最も遠くなる。

「あい、行灯を点したら、お茶漬を運びますするゆえ」

「うん、頼む」

小刀を腰に通し大刀を右手にした宗次は、幸を従えて座敷から廊下に出ると、店棟に背を向けるかたちで左の方へ回り、角を一つ折れて立ち止まった。

裏庭に面した位置であった。

裏庭とは言っても実に広広としており幾つもある石灯籠には大蠟燭が点って

いて、その明るさは濡れ縁と廊下にまで届き、陰気さなどは皆無であった。離れの〈廊下〉と〈濡れ縁〉とは雨戸で仕切られた造りになっているのだが、この刻限雨戸はまだ開け放たれたままである。

この位置だと、「夢座敷」の賑わいは、かなり遠のいた。

幸が先に十畳の座敷に入って行灯を点し、続いて入った宗次が「大蠟燭(ろうそく)をあと二、三本点してこの座敷を思い切り明るくしてくんねえ。障子に人影が映るくらいによ」と言った。

「あい」と応じた幸であったが、すぐにハッとなったように顔を上げた。

「お前様……もしや」

「うん、なあに、念の為だ。この庭、この十畳の座敷なら、万が一騒動が起きても、客が歌い笑っている『夢座敷』の賑わいに勝(まさ)ることはねえだろうと思ってよ」

「お前様に斬りかかったその小柄な凄腕とかは、やって参りましょうか」

「判らねえ。が、安心しな、幸には指先一本触れさせねえよ」

幸はてきぱきとした動きで大蠟燭三本を点すと、「お茶漬を急ぎませぬと」

と座敷から出ていった。

濡れ縁の端に出た宗次は明るい座敷を背にするかたちで庭を見回した。

(奴は……勝村勇之助は……もしや忍び、あるいは忍び侍ではねえか)

宗次は、ふっとそう思った。

べつに確かな根拠があって思った訳ではなかった。身のこなしが異様に速すぎたのだ。

幸が盆に茶漬をのせて戻ってきた。早かった。

「夢座敷」にとって茶漬を、不意の求めに応じて用意することなど訳もないことだった。

宗次は黒柄の大刀を脇に置き備え、文机の上に整えて貰った茶漬を静かに食した。

「『夢座敷』の香の物は、いつも旨え(うめ)」と、ポツリ呟く宗次。

「顎や喉元は痛みませぬか」と、幸は心配した。

「少しはな……仕方がねえやな。己れの未熟ってのが招いた結果だい」

幸は落ち着いて茶漬を味わう愛しい(いと)人の横顔を見続けた。

（刀を脇に置き備えて食事をなさるなどは初めてのこと……お前様に襲いかかった刺客とやらは、それ程の凄腕だったのですね）

宗次の横顔に向かって、胸の内にそう語りかける幸であった。

茶漬を食し終え、渋茶で口を清めた宗次は、ゆっくりと立ち上がって黒柄の大刀を腰帯に通した。

「もう、お行きなされますの。いま暫く半刻ばかりは、此処でお休みなされませ」

と、幸もしなやかに腰を上げる。

「いや、少し気になることを八軒長屋に残しておるのでな」

宗次の口調が、ここで侍言葉に改まった。

「余程のことが八軒長屋に？」

「八軒長屋の前で行き倒れ意識を失っておった身なり貧しい素姓知れぬ女性を長屋の者が見つけてな。私の部屋に運び込まれておるのだ」

「まあ……」

「その女性の昏睡状態が続いておるので、筋向かいのチヨ殿が付き添うて面倒を見てくれておる」

「それでは私も出向かねばなりませぬ」

「幸は此処にいなさい。八軒長屋へ向かう途上で、あるいは八軒長屋に思わぬ危険が襲い掛かって来るやも知れぬのでな」

「その行き倒れの御人、柴野南州先生に診て戴いたのでございますか」

「診て戴いた。どこが悪い、というよりも衰弱がひど過ぎるらしい」

「食するものを食していないと？」

「かも知れぬ」

「でも……」と切り出しかけた幸を、宗次の右手が軽く上がって制した。

幸が「え……」という不安気な表情を、閉じられている障子の先へ向けた。

「幸……どうやら父の形見、備前双十郎長船を振るわねばならぬようだ」

「お前様、そのお体では……」

「幸は奥の座敷まで退がって、襖を固く閉じていなさい」

「いいえ、このお体のお前様を置いたまま、幸は退がれませぬ」

「心配いたすな。大剣聖と称された我が父の私に対する鍛えは、幸が不安に思うほど生温(なまぬる)いものではない」

「それは承知いたしておりまする。けれども……」

「早く退がりなさい」

「……」

「早く……急げっ」

「は、はい」

やむなく幸は奥の間に退がって襖を閉じ、真っ暗な中で息を潜めた。

宗次は庭に面する障子と向き合い、黒柄の大刀備前双十郎長船をゆっくりと抜き放った。鋼と鞘がこすれてサリサリサリと微かに鳴く。

当たり前でない重さの名刀であった。この備前双十郎長船を宗次が右片手で休まず千回はじめて打ち振れた時、父大剣聖は言葉短く「授ける。大事にせよ」と告げた。

父大剣聖が世を去ったのは、それから一週間後(のち)の、庭先で何羽もの鶯(うぐいす)が鳴き囀(さえず)る、よく晴れた春の朝の事であった。

「一人か……奴だな」

右手に備前双十郎長船を下げた宗次の口から、呟きがもれた。

だが、その呟きは、直ぐに改まった。

「いや……二人……三人……三人か」

ここで宗次の右腕が、ミシッと小さな軋み(きし)の音を発した。

手首から上腕部にかけて、皮膚の下に隠されていた筋(きん)の層が、せり上がり出した。まるで熱せられ鍛造(たんぞう)された鋼の帯のように、次次と。

宗次は障子に近付き、左手でそれをゆっくりと開いた。

幾つもの石灯籠が明りを点している「夢座敷」の北側の庭。

そこに三つの黒い影があった。深編み笠ではなく、黒い影であった。そう、全身黒ずくめで、覗かせているのは僅かに二つの目だけ。

頭上の月が加勢する明りが、その黒い影を鮮明に浮き上がらせていた。

が、右目と左目の大きさの違いを確かめるまではいかない。

宗次は廊下の外側、濡れ縁にまで出て、その端に立った。

右手に剣を下げた背丈ある着流しの、スラリとしたその立ち姿。

まさしく絵のようであり、役者の如しであった。

「ふふふっ、やはり侍であったか若造よ。煙管さばきから、そうであろうと思ったわ。深手を負った傷はどうだ。痛むかえ」

右端の黒覆面が呟き声を出した。

相手のその言葉から「奴だ」と宗次は思った。声――薄汚れた感じの――にも確信があった。

宗次は素足のまま、濡れ縁から三段の階段を下りて庭先に立った。

庭の隅隅を知り尽くしている宗次であった。素足に不安はない。

（なぜ私を襲うのか、その理由を訊き出さねばならぬが……いささか難しいか）

そう思って「チッ」と小さく舌打ちをした宗次であった。すでに相手は、激しい殺気を扇状に広げている。

「ほほう、わが耳に届きましたぞ煙管の若造殿。いまの舌打ち」

右端の黒覆面が、せせら笑った。

それが合図であった訳でもあるまいが、左側の二人が素早く抜刀。下段に身構えるや、揃ってグイッと二歩前に出た。

とたん、宗次が「静」から「動」へと移った。疾風のように移った。

それはまさに、豹変(ひょうへん)という他なかった。対峙する二人がグイッと前に出て、それこそ針の先程の一息をついた一瞬、そこを突く鋭い豹変だった。

備前双十郎長船を右片手に下げ、上体をやや前倒しにして、矢のように宗次が迫る。

狙ったのは左端の黒覆面。真っ向(まっこう)から、双十郎長船が片手大上段となった。

相手が太刀を横に構えた。宗次の動きが読めているのか、余裕を見せている。慌てていない、全く。

が、悲劇は起きた。

異様な鋭い音——笛鳴りのような——を発して、双十郎長船が打ち下ろされた。

無謀にさえも見える片手打ち。

黒覆面が綺麗に受けた。自信を覗かせた受け構え——に見えた。

が、双十郎長船は相手の太刀を音立てることもなく真っ二つに断ち折るや、

黒覆面の右肩から左脇腹へと、目に見えぬ速さで走った。

「ぐあっ」と鈍い悲鳴をあげて横転するそ奴など気にもかけず、双十郎長船は絵のように反転。

六、七尺の間を置いていた隣の黒覆面の右腰から膝にかけてを、真っ直ぐに裂き下ろした。

「があっ」と、そ奴も仰向けに倒れるに及んで、ようやく件の〝薄笑い〟が腰の刀に手をかけ一歩を踏み出した。力んでいる。

「おうっと止しにしねえ。此処ではこれまでにしとくんだ。こ奴ら二人には歩いて帰れるだけの余力は残してある。早く連れて消えな。何処のどなた様か知らねえがよ」

宗次は、地面にのたうちまわっている二人を顎の先でしゃくって見せると、双十郎長船をひと振りして血脂を飛ばし、鞘に納めた。

「次はお命を頂戴しますぜ、業師さんよ」

宗次は両手を懐に入れると、濡れ縁へと戻った。

（い、痛え。少し無理しちまったい）

と、宗次の顔が歪んで、顎、喉元が早鐘のように疼いた。

十二

その夜宗次は結局、「夢座敷」の離れ北側に位置する十畳の座敷に泊まった。闘いのあと、柴野南州が治療した傷が再び激しく痛み出し、縫合した傷口からは血が滲(にじ)み出した。

心配した幸が「この状態で八軒長屋に戻れば、長屋の方(かた)たちに無用の心配を掛けます」と、ひと晩泊まって体を休めることを強く勧めた。

宗次は幸の言葉に従った。出血は滲み出す程度であったが、痛みがかなりひどかったからだ。縫合部が破れるのではないか、と思われるほどに。

が、朝、宗次はさわやかな気分で目を覚ました。昨夜の激しい痛みはすっかり消えていた。

宗次は静かに体を起こし、寝床の脇の座蒲団(ざぶとん)にそっと掌(てのひら)を触れてみた。

まだ温かかった。つい先程まで幸が、そこに座っていたことの証であった。

宗次は腰を上げ、音立てぬよう障子を滑らせて廊下に出てみた。

雨戸が一枚、開いていた。外はすでに朝焼け空の色に染まっている。

宗次は雨戸の向こう、濡れ縁に出て広い庭を見まわした。昨夜、侵入刺客二人を倒した庭であったが、今朝は何事もない。

「夢座敷」にとっては北に位置する庭であったが、樹樹の育ちも畑地の実なりも豊かである。北側に位置するとは言っても、広い庭地のため日中の日差しは充分に降り注ぐからだ。

朝焼け空の下、幸の姿が塀そばの畑にあった。捥いでいるのは、宗次の朝餉にでも添える茄子であろうか。

（ありがとよ幸……それにしても……こうしてかなり離れて眺めているってえのに、ほんにお前は美しいのう。際立っている……ほんに綺麗だ）

腕組をしつつ宗次は絵師の目で眺め、そして小さな溜息を一つ吐いた。

天空はるか彼方から舞い下りてきた吉祥天ではないか、と江戸の男どもが五体をくねらせ悶えさせて想い詰める、幸の美貌。

その吉祥天の最も身近にある宗次でさえも、時にこうして感歎茫然の気分に陥ってしまう幸の余りの美しさであった。

このとき幸の直ぐそば、腰高まで青青と育った繁りの中から、ぬっと頭が現われた。

一瞬、宗次の表情が身構え鋭い目つきとなったが、直後には緩んでいた。「夢座敷」の大番頭で板場長でもある繁二郎だった。六十を過ぎた老爺であったが一級の味で知られた料理茶屋「夢座敷」にとっては、なくてはならぬ人材だ。

穏やかな明るい人柄で、なんでも四十代の頃は西国小藩の賄頭を務めていたとか、いなかったとか。

が、自身の事については口数少ない繁二郎だった。

繁二郎が広縁の宗次に気付いて「あ、これは……」という様子を見せ、黙って微笑み丁寧に腰を折った。

宗次も黙って頷き返す。

繁二郎の様子に気付いた幸が振り向いて、両手にしていた茄子を胸の高さにまで上げて微笑んで見せた。

その幸に、繁二郎が歩み寄って一言二言。

頷いた幸が両手の茄子を繁二郎の手に預けて、宗次の方へやって来た。

宗次は繁二郎に向かって、ちょっと右手を上げて見せてから座敷へ引き返した。

幸は全ての雨戸を開けてから、朝焼け色が忍び込んだ座敷に入ってきた。

「傷の痛みはいかがでございますか」

「大丈夫だ。もう何ともない。心配かけてすまぬな」

自然と侍に近い言葉がやわらかく出てくる宗次であった。

「もう暫く寝床に体を横たえ、心身をお休めなされませ」

「いや、そうもいかぬよ」

「八軒長屋が気がかりでございますか」

「うむ」

「昨夜の不埒者（ふらちもの）が長屋までの途中で、待ち構えてはおりませぬでしょうか」

「それはあるまい。三名のうち二人にかなりの深手を負わせたのでな」

「店の若い者二、三人に、長屋までお供をさせましょう」

「幸、店の者に負担を掛けてはならぬよ。備前双十郎長船も無用じゃ。丸腰で長屋へ戻ろう」

「でも、お前様……」

「なあに、待ち伏せはあるまい」

幸は不安気な表情のまま、宗次の身なりの整えを手伝いながら、

「では脇差だけでも、お腰に通されませ」

と勧めた。

が、宗次の答えは「いや、要(い)らぬよ」であった。

宗次は幸に見送られて、裏木戸から外に出た。

「昨夜のあの小柄な刺客。まぎれもなくその姿、声は勝村勇之助に酷似(こくじ)してはいるが……間近で素面を確かめぬ事にはな……」

宗次は呟きつつ、(それにしても、この私に刃(やいば)を向けてくる理由(わけ)は一体何なのか……)と首をひねった。

朝焼けの江戸は、まだ静かだった。職人や棒手振(ぼてふ)りなど行商人が今日の稼ぎのため威勢よく長屋を飛び出すには、もう少し刻(とき)を待たねばならない。

宗次は八軒長屋へ急いだ。

先程から頭の後ろあたりで、何かがコツンと触れているような感じがあった。

「おや、これは宗次先生、おはようございやす。こんな刻限にまた……さては朝帰りでござんすかい」

辻の角からいきなり飛び出してきた法被姿の中年の職人風が、あたりに響きわたるような甲高い声を出した。

「よ、留さんじゃねえか。意味あり気な言い方をしないでおくんない。徹夜の絵仕事だあな。それにしても、留さんこそ早いじゃねえか」と、宗次は笑った。

「これから神奈川宿まで、四、五泊の仕事でい」

「そいつあ御苦労さん。七里の道のりだ。気を付けて行ってきなせえ」

「ありがとよ、先生もたまには、うちの子泣き長屋に顔を見せて、くたびれ女房を喜ばせてやってくんない」

「そいじゃあ留さんが帰って来た頃にでも、夕方寄せて貰おうかい」

「待っていやす」

「行っといで」

「へい」

すぐそこ、緩い坂道の上に在る職人たちの住居(すまい)、通称〝子泣き長屋〟で、腕のよい大工として知られる留吉(とめきち)が、大工道具を肩に威勢よく走り出した。

腕のよい大工はあちらこちらから声がかかり、鎌倉(かまくら)あたりの泊まり仕事も珍しくない。それだけに遠出を面倒がらぬ留吉のような大工の脚の丈夫さは飛脚なみだ。

宗次は留吉の後ろ姿が小さくなるまで見送ってやった。

喉や顎の傷の手当跡が目立たぬ訳がない。

それでも留吉は、それについて「どうしなすったんで?」と、訊(き)くようなことはなかった。カラッとした気性に加え出過ぎたことを言わぬ問わぬの留吉と、居酒屋「しのぶ」で知りあって、もう数年になる。宗次が気に入る大切な飲み仲間の内の一人であった。

足を急がせた宗次がようやく八軒長屋の、丸太を地面に打ち込んだだけの〝杭打ち門〟の前まで戻ってみると、井戸端で四、五人の女房(かみさん)たちが顔を寄せ合っていた。

仕事場へ亭主たちを送り出すいつもの刻限はすでに過ぎていたから、ほっと一息つける、これもいつもの井戸端会議だ。

〝杭打ち門〟の方へ体を向けて立っていた飴売り金三四十一歳の女房秋江が「あ、先生……」と言ったものだから、女房たちは一斉に振り向いた。

秋江が皆から離れて、〝杭打ち門〟を入った宗次に「先生……先生……」と右手を前に出してヒラヒラ波打たせながら近付いた。

いつにない硬い顔つきの秋江に、宗次の表情も身構えた。

何かあったな、と思った宗次が、秋江が間近まで来るのを待って、「目を覚ましたのかい」と小声を出した。

秋江が頷き、井戸端の女房たちも宗次の小声を解して矢張り頷いた。

「で、チヨさんは？」

「いま、目を覚ました女の相手をしているんだけど、チヨさん困り切ってるよう先生。一体どこへ行ってたんだよう」

「困り切ってる？」

「女は布団の上に正座しているんだけどさあ、何一つ喋らず体をガタガタ激しく震わせるだけで」

「熱でもありそうだったかえ」

「どうだかねえ。困り切っているチヨさんが気の毒だから、いま皆で交替してチヨさんを少し休ませようじゃないか、と相談していたのさ」

「そうかえ。そいつあ、すまねえ。ともかく俺が何とかすらあ」

「チヨさん、少し休ませてやっておくれよ」

「わかった」

「先生……」

「ん?」

「顎と喉の大層な貼り薬、どしたんだよう。それって、縫い合わせた傷を保護する時に貼るやつじゃないのかえ先生。柴野南州先生が持っていなさるのを見たことがあるよう」

「ちょいとした打ち身だい。心配いらねえよ」

宗次は秋江の骨張った肩をポンと叩くと、溝板を踏み鳴らして家へ急いだ。

その後に、女房たちが足音を忍ばせるようにして遠慮がちに付き従う。

宗次は表戸の腰高障子を開けて、土間へ入ると、そっとだが直ぐに閉めた。

猫の額（ひたい）ほどしかない庭との間を仕切っている障子に、朝陽（あさひ）が眩しいくらいに当たっている。

畳敷きの部屋の右手奥、眠り続けていた女の寝床がある納戸からチヨが現われ、土間に立ったままの宗次のそばに来た。

疲れ切っている、と宗次には一目で判った。

「すまねえ、チヨさん」

宗次は深深と頭を下げた。

「そんな事はどうだっていいんだよう。それよりも顎と喉、どしたんだえ」

「酔っ払って喧嘩（けんか）しちまってよ。なあに、ただの貼り薬でい」

と、宗次は声を抑（おさ）えた。

「なら、いいんだけど……大事な絵仕事が多いんだろうから、余り無茶はいけないよう」

「だな……気を付ける」

「目を覚ましたよ」と、チヨが顎の先を納戸の方へ小さく振った。

「震えているって？」と、宗次が囁き、チヨはこっくりと頷いた。

「あとは俺に任せてくんねえ。チヨさんは、もうこれ以上は家を空けちゃあいけねえやな。本当にすまねえ」

「じゃあ、ちょいと家へ戻ってくるよ。子供たちも心配だしさ」

チヨがそう言って、宗次の横を抜け出て行こうとした。

そのチヨの右手を宗次は摑んだ。

「ありがとよ、おっ母さん。すっかり手間をかけちまったい」

「なんだねえ、びっくりするじゃないか」

と囁いたチヨが、宗次の耳元へ顔を近付けた。

「どうせ触るなら、次は手じゃなくて、もっと別のやわらかいところを優しく触っとくれ」

「うん、そうする」

「亭主の久平は今朝から小田原仕事で、十日ばかりは帰ってこないから」

「小田原仕事が、案外に多いねえ」

「相手さんに気に入られているらしくって本当に、うちん家は助かっているよ。亭主の稼ぎがこのところ少し落ちていたからさあ」

「旦那を大事にしてやりなよ」

「うん、宗次先生の次にね」

「逆だろが……」

「じゃあ、また触っておくれ」

「その内にな」

「大好きだよ、先生」

チヨはそう囁くと、ニヤリとして宗次の後ろ腰をわし摑みにしてから出ていった。

（充分な礼をさせて貰うよ。ありがとう、おっ母さん）

宗次は胸の内で呟き、チヨが出ていった外に向かって頭を下げた。本心からの想いであった。

納戸で、弱弱しい咳込みがあった。

十三

宗次は納戸へ入っていった。

納戸とは言っても、一尺四方ほどの明りとり窓が二つあったから、薄暗く陰気、という感じはなかった。

素姓知れぬ痩せ細った体の女は、飴売り金三の女房秋江が言ったように、寝床の上にきちんと正座をして、しかし普通でない震え方だった。ガタガタ震えている、という形容がそのまま当てはまった。秋江は恐らくチヨの疲れを心配して納戸に入り、女の尋常でない震えを知ったのであろう。

宗次は女と向き合って、胡座（あぐら）を組むと、「気分は？」と、物静かな口調で訊（たず）ねた。

「………」

「話したくねえのか、それとも、唇を動かす力も無くなっているのか、どちらなんでい。力が無（ね）えんなら、人差し指で唇を差してくんねえかい」

物静かな口調は変えぬ宗次であった。

女は人差し指を唇へ持っていった。指先もぶるぶると震えている。

かなりの震え様だ。

「ひょっとして、幾日も何も食べてねえんじゃないの？」

「……」

女は答えなかった。うなだれるばかりだった。

「正直に答えてくれた方が、こちらは何かと助かるのさ。幾日食べていねえのか、片手、いや両手で示してほしいやな。恥ずかしい事なんかじゃねえ」

女は、表情にはっきりと迷いを見せた。

が、震える両手十本の指を開いて宗次に示してから、右手の小指、薬指、中指を折った。二、三度失敗して、折り難そうに折った。

宗次は驚いた。

「なんてえこった。七日も食べていなかったのかえ。ここで眠っていた日を加えると、とんでもねえ飢餓状態じゃあねえか」

女は弱弱しく頷き、両の目から大粒の涙をこぼした。

「そりゃあ体がガタガタ震えるのも無理はねえやな。しかし、空っぽになった胃袋へいきなり食い物を流し込むのは危険だ……よし、ちょっと待っていねえ」

そう言い残して宗次は腰を上げ、外へ出た。

女房たちは、井戸端へ戻って、まだ額を寄せ合っている。

宗次は、こちらを見ていた秋江の方へ寄って行きつつ手招いた。

秋江は、小駈けにやってきた。色の黒い骨張った体つきの四十女であったが、気だての優しさ、気っぷの良さは、チヨに勝るとも劣らない。

「すまねえがアキさんよ、居酒屋『しのぶ』の女将美代さんまでちょいと行ってくんねえかい」

「すまねえが、は要らないよ先生。遠慮なく、行け、と言っとくれ。『しのぶ』なんざ大声出せば届く近さなんだから」

「そうかえ。でな、『しのぶ』に雑炊を頼んでほしいんでい。具は何も入れねえで、薄い塩味でよ」

「具は要らないのかね」

「空き(す)っ腹にいきなり食い物を流し込むのは危険だからよ」

「あの女(ひと)、長いこと食べてないのかね。一体何日？」

秋江が囁き声となって、宗次の家の方へ視線をやった。

「ま、それはいいやな。とにかく、さっぱりした雑炊を急ぎつくって貰ってくんねえか。出来ればアキさん、雑炊を付き合ってやってくんない。俺(おいら)は他(ほか)に用があっから」

「あいよ、任せといて」

秋江は二つ返事で踵を返し、宗次は家へ引き返した。

女は納戸から三畳ほどの板の間へ出て、やはり姿勢を崩すことなく正座をしていた。

「いま、雑炊を頼んだからよ……もう暫く辛棒しな」

女は頷いた。

「お前さん、年齢(とし)は幾つなんでい。二十三、四……いや、二十四(し)、五(ご)、六(ろく)ってえとこかな」

女は首をしっかりと横に振った。宗次が思わず「おっ」となるほど、力強い否定に思われた。

「す、すまねえ。じゃあ、また指で教えてくんな」

女は右手二本指を立てると、それを宗次の方へ弱弱しく押し出すように示した。

震えは、相変わらずひどい。

「え、二十(はたち)かえ」

宗次は胸の内で驚きながら、女に確認した。いくら何でも二十(はたち)にはちょっと見えなかった。頬の落ちた、しかし品よく整った顔に刻まれた薄い疲れ皺(じわ)は、どう眺めても二十五、六に近いやつれ顔だ。

が、女は小さくコクリと頷いた。震えながら頷いた。

「そうだったのかえ。余程の苦労があったんだなあ。さ、雑炊が届くまでは寝床に横になっていなせえ。いまの状態で無理はいけねえ。色色と訊くのは、またにすっからよ」

どこから眺めても二十五、六の年齢(とし)だと思うんだがなあ、と胸の内で呟きつつ宗次は女のそばへ行き、両手で横たえるように抱き上げてやった。

幼子を抱き上げたような、余りの軽さであった。

宗次は今はじめて女を抱き上げたのである。行き倒れの女を納戸へ運び込んだのは、長屋の女房たちの命令に従った亭主たちだったから。

宗次に寝床へ横たえられて、女はまた大粒の涙をこぼした。

「よしよし、何の心配もいらねえからな、とにかく慌てねえで体の力を取り戻すこった。な」

宗次は痩せ細った体の胸の下あたりまで、薄布団をかけてやった。

女は震える両手で顔を覆った。

「熱は無（ね）えよな」

宗次は女の額にそっと手を触れた。熱どころか、女の額は氷のように冷え切っていた。

「家族はいるのかえ」

労（いたわ）り口調で宗次は訊ねた。

「は、はい……」

女は、はじめて声を出した。聞き取り難いほどの弱弱しさであったが、澄んだ声だった。

「そうかえ。家族がいるんなら、随分と心配しているだろうぜい。ま、詳しい事は雑炊を食したあとにでも聞かせてくんない。なあに、話したくなきゃあ何も話さなくってもいいんだがよ」

「す、すみま……せん。ご迷惑をお掛けして……」

「いいってことよ。さ、雑炊が届くまでの間、心と体をなるたけゆったりさせていなせえ」

宗次は、そう言い終えて、納戸から出た。

このとき、男の力調子で、と判るほどの勢いで表戸——腰高障子——が開けられた。

ただ、受け柱がバシンと音立てる寸前で止めたあたり、それなりの作法を心得た力加減だ。

顔を覗かせたのは、春日町の平造親分である。その直ぐ後ろに下っ引きの五平の姿もあった。

（ちょいと外へ……）

と、平造親分は宗次に対し、目つきを外へ向かって振って見せた。

頷いて宗次は雪駄を履いて外に出、表戸を静かに閉めた。

井戸端には、すでに長屋の女房たちの姿はない。

平造は宗次と五平を従えるようにして井戸端まで行き、足を止めた。

「先生よ」

と、小声の平造が睨みつけるように宗次を見る。五平も平造の横へ並び移って、じっと宗次の目を見つめた。

平造親分の、仕事で熱くなった時の目つきには馴れている宗次である。

「室邦屋の下働きツネ婆さんの事で来やしたね親分」と、宗次も低い声。

「おうよ。先生は同心島根弥市郎様の許しを得て、ツネに会ったと言うじゃあねえか」

「仰る通りで……」

「なら、その事を何故、この平造に耳打ちしてくんねえんだい。昨日や今日の付き合いじゃあねえだろうがよ先生。水くせえやな」

「私は気がかりな用を他にも抱えておりやしたんで、こうして長屋へ戻って来る事を急いだんでござんすよ」

「気がかりな用？……その用が原因で、顎と喉にまたまた新しい傷を負ったって言いなさるのかえ。乾いちゃあいるが血が少し滲んでいますぜ」

「なあに、これは他愛ない事が原因の傷でさあ。親分に打ち明けるほどのもんじゃあござんせん」

「全くよく傷を負いなさる御人（おひと）だねい、宗次先生という御人（おひと）はよ。ま、それはいいやな。で、ツネ婆さんから何を聞き出しなすったい」

「何も……」

「何も？」

「へい」

「それはおかしいじゃねえか。宗次先生がよ、婆さん一人から何も聞き出せねえってことは、ありゃあしねえ。勝気な居酒屋の女将も、大身（たいしん）旗本の作法うるさい奥方様も、宗次先生の前ではたちまちへニャへニャになるってえ噂なのによ」

「平造親分、そんな人情講釈みてえな事は言わねえでおくんなさいやし。私（あっし）

は本当に、ツネさんから何一つ聞き出せなかったんで」

「本当かよ」

「本当でござんす。なんなら親分、ツネさんに会って自分の口から色色と聞いてみなせえ」

「儂も同心島根様立ち会いのもと、婆さんに会ったわさ。だが耳が遠いらしくってよ、何を訊いてもキョトンとしてな。それがなんだか、どうもわざとらしいんだが、そのくせ怯えたように体を小刻みに震わせてよ」

「確かに耳はかなり遠いようで」と、宗次は伏し目がちに言った。

「先生は絵上手だ。絵言葉ってえ方法もあるが、婆さんに使わなかったのかえ」

「一つ二つ試しに絵を描いてはみやしたが無反応でしたい。それでもう止しにしやした」

「何としても四歳の幼子を早く見つけなきゃあならねえ。手傷を負っていないとしても、衰弱死ってことが考えられる幼い年齢だからよ。先生も力を貸してくんねえ。なにしろ先生は頭の切れる御人だから、こちとら頼りにしてるんでい」

「へい。私に出来る事なら何でも。なんぞ耳に入ったり得たりした事がありゃあ直ぐに親分に知らせやす」

「そうかえ。頼まあ、先生よ、本当に」

「約束いたしやすとも」

「じゃな……そのうち『しのぶ』で一杯やろうや」

「そうですねい。声を掛けておくんない」

「うん」

平造親分と五平は長屋口を足早に出ていった。

下げ箱を手にした「しのぶ」の女将美代と飴売り金三の女房秋江が長屋口を潜ったのは、それから間もなくの事だった。

十四

「暫くあたしに任せといて先生」

秋江にそう言われて、宗次は長屋口を出た。もう一つ気がかりな所があったからだ。八軒長屋の西側すぐそこに、並ぶようにして建っている貧乏長屋である。

老いて脚の不自由な母親との二人生活だという、勝村勇之助の住居であった。

宗次は勝村勇之助と肩を叩き合うほど「おい」「おまえ」の間柄ではなかったから、〝猫長屋〟と呼ばれているその貧乏長屋を訪ねたことはない。

長屋口が八軒長屋とは全く逆の方角を向いていたから、なおの事だった。

宗次が猫長屋の長屋口を入ると、井戸端で髪が真っ白な老婆が大根を洗っていた。その老婆にすり寄るようにして、五、六匹の猫、猫。

長屋の屋根を見上げると、そこにも朝陽を浴びて寝そべっている猫がなんと七、八匹。

「なるほど猫長屋だ……」と苦笑しながら、宗次は老婆の後ろから近付いていった。

八軒長屋には、ときどき勝手気ままに宗次の部屋に寝泊まりしてゆく名無しの大虎猫がいる。こいつが八軒長屋の縄張りをしっかり守って、猫長屋の大軍勢を一匹たりとも立ち入らせない。八軒長屋にはこの大虎猫のほかに二匹いるだけだ。

ときに深夜、猫長屋のボスが大虎猫に闘いを挑んで、激しく唸り合い引っ掻き合う事もあるが、いつも撃退されている。

宗次が老婆の背後で足を止め声を掛けようとすると、老婆の尻のあたりにすり寄っていた大き目の白猫が「シャアッ」と布を裂いたような威嚇音を発してキバを剝いた。

鼻の横に引っ搔かれたような傷跡があるところを見ると、こいつが八軒長屋の大虎猫に撃退されているやつなのであろうか。

大根の輪切りを始めた老婆が庖丁を持つ手を休め、「よっこらしょ」といった感じで振り返りつつ腰を上げた。

「おはようございます。私は八軒長屋の宗次と申しやすが」

「ほうほう、八軒長屋の宗殿」

「へい、あ、宗次と申しやす」

「宗次殿」

「へい、宗次です。あのう、神田向福寺で塾を開いてなさる勝村勇之助殿のお住居(すまい)はどこでござんすかね」

「勇之助に何ぞ御用かな」

「え……と申しやすと、勇之助殿の母上様で？」

浪人とはいえ勝村勇之助は侍である。その母親かも知れない老女に対して、まさか「おっ母(かあ)さんで？」とは訊けない宗次であった。

「はい、勇之助の母多代(たよ)じゃが、あれならもう向福寺へ出かけました」

「そうですかい。いえなに、大(てえ)した用があった訳じゃござんせんので、改めてまたお訪ねさせて頂きやす。すぐそこの八軒長屋でござんすから」

「ま、そう仰らずに、せっかく参られたのですから一服してゆきなされ。向福寺の信念和尚様から、勇之助が美味(おい)しい葉茶を戴きましたのでな」

「お邪魔して宜しいので」

「どうぞ遠慮のう」

老婆多代はそう言って腰をあげると、差渡(さしわたし)（直径）一尺半ほどの平桶に大根と庖丁を入れようとした。

「おっと、私が致しやす」

「なんの、大丈夫です。馴れておりますゆえ」

「任せておくんない。お運び致しやしょう」

宗次は平桶に輪切りの大根、切り残した半分の大根、綺麗に洗われている大根の青葉、そして庖丁を移した。

勝村勇之助から「脚の悪い母と二人生活」と聞かされていたから、宗次は老女の足元を気遣った。

「すみませぬねえ。他人様の手をわずらわせてしもうて」

「脚のお具合はいかがです。勇之助殿から少しお悪いと聞かされておりやすが」

「まあ、勇之助がそのようなことを他人様に……もう、この年ですゆえ年年に不自由さが増すようで」

「それはいけませぬなあ。きちんと治療を受けていなさいますので」

「勇之助が買って参りまする薬を飲んではおりますが、効いているような、いないような」

「向福寺からそう遠くない所に蘭方の名医柴野南州先生がいらっしゃいます。一度そこへ御案内申し上げやしょう」

「いやいや高い治療代はとても払えそうもありませぬのでなあ。ご好意はありがたいのですけれども」

　宗次は老女多代の背に軽く手を当て一歩一歩付き添いながら、「目もかなり悪いな」と見抜いた。単に脚の具合が悪い、という足運びではなかったからだ。

　ちょっとしたことで、つまずき、よろめいたりする。どうも両の瞳が、ややだが白っぽいような気もするが光の加減のせいか？

「一番奥の右手の家がそうなのですよ」

「勇之助さんが留守の最中に、お訪ねして宜しいのですかね」

「遠慮はいりませぬ。少しこの年寄りの話し相手になって下され。お茶請け（ちゃう）けに合う大根の漬物が、私の自慢でしてな」

「それはいいですねい。茶に大根の漬物。大好きでござんす」

「それはよございました」

浪人勝村勇之助の母親であったが、さすが侍の母としての品位は言葉の端瑞から失せていない。

宗次は家の表戸を開け、老女の足元に気を付けてやりながら、土間に入った。

入りながら宗次の双眸は一瞬の鋭さを見せていた。

すぐに裏路地へ突き出てしまいそうな、狭い借家である。

(どうやら四歳の幼子はいそうにないな)

と、宗次には見抜けた。見抜けるも何も、仕切り部屋が一つも無い、押し入れも無く、寝布団などは部屋の片隅にきちんと折り畳まれ重ねられている。まだ八軒長屋の方が少しはましだな、と宗次は思った。八軒長屋には押し入れがあり、納戸がある。宗次の住居だけを見ればだが、茣蓙・筵のかわりに畳が敷かれている。

「さ、こちらにお座りなされ。いま、茶をいれて差し上げましょうほどに」

老女多代は折り畳んだ布団の上にあった煎餅座蒲団を板の間に敷いて、土間に立ったままの宗次を促した。

「いや、茶は私（あっし）がいれやしょう。葉茶はどこに？」

「近頃は目もだいぶ霞（かす）んでいますがな。それでも馴れた自分の住居（すまい）の中では何不自由ありませぬ。茶は私（わたくし）がいれて差し上げた方が、味も香りも優れておりましょう」

「こ、これはどうも……」と、宗次は頭の後ろに手をやった。

「さ、腰を落ち着けなされ」

「はい。では……」と、宗次は土間から板の間に上がって、煎餅座蒲団の上に正座をした。

「宗次殿、気軽に胡座（あぐら）を組みなされ。利休（りきゅう）が茶をいれる訳ではありませんからね」

と、老女はそこではじめて微笑んだ。決して明るい微笑みではなかった。どちらかといえば、（暗い……）と、宗次は感じた。

「恐れ入ります」と、宗次は正座を胡座にかえた。

古びた水屋から小さな茶箱を取り出した老女は、危うさも見せずに土間へ下りて、二つある竈（かまど）の小さい造りの方で、わりにてきぱきとした動きを見せた。

鉄瓶（てつびん）をのせた竈の灰の中には種火（たねび）が生きていたのか、足した消炭（けしずみ）にたちまち火が移って、細枝の焚（た）き木が炎を上げ出した。

危うさのない老女の動きに安心して、宗次は改めて部屋を見まわした。

こうして見る限りは、怪しいところ、不審な点は見受けられない。

「母上殿。勇之助殿は学問に優れていらっしゃるようだが、幼い頃から勉強好きでありやしたかねい」

宗次は老女の背中へ、やんわりと声を掛けた。

「母の私が言うのも何ですが、勇之助は幼い頃から、それはそれは頭のよい子でありましてね」

「でしょうねい。そんな気が致しておりやした。ご性格も優しい御方（おかた）のようで」

「はい。老いたこの母を邪魔もの扱いせず大切にしてくれております」

「お侍でいらっしゃるから、剣術の方もかなりの腕なんでござんしょ」

「いえいえ。あの子は元服しても刀を腰にするのを拒否いたしましてね。亡くなった父親は頭を抱えておりました。血を見るのを好まず、虫一匹殺せない勇之助の性質は、今も少しも変わっておりませぬ」

「ほう。それはまた……」

「色色と事情が重なって、このような嫁も貰えぬ浪人生活を続ける羽目に陥っておりますけれども……宗次殿、そのあたりのことは、どうぞお訊き下さいませぬよう……勇之助が哀れですゆえ」

「はい……はい、心得ました。いや、心得ております」

「宗次殿、あなた……」

「え？」

「もしや、お侍？」と、老女はそこで振り向いた。

「とんでも……とんでもございません。町人でございますよ」

「そうですか。でも何やら町人とは違う何かが、漂っているような」

「勇之助殿は、私のことを母上様に話したことは一度もございませんので？」

「ありませぬ。あの子は家では無口ですから」

「そうですかい」

「あれはあれで自分の運命というものを憾みに思っておりましょう。毎日が面白くないのでは、とこの母は胸を痛めておりまする」

「……………」

「宗次殿は毎日が随分と充実していらっしゃる御方のようですね。この年寄りには判ります」

「……………」

「あ、湯が沸きそうですよ。美味しいお茶を召し上がれ」

「御馳になりやす」

宗次は頭を下げたが、それ以上のことが口から出なくなっていた。

十五

勝村勇之助の母親に三杯も四杯もの茶をゆったりと馳走になって猫長屋を出た宗次が、柴野南州診療所へ世話になった礼に訪れ、「もう出歩いておるのか、無茶をしてはいかんっ」と南州に厳しく叱られて八軒長屋へ戻ったのは、申ノ刻過ぎ（午後四時過ぎ）だった。

　空はまだ明るい。

　長屋路地にも井戸端にも人の姿はなく、ひっそりとしている。

　宗次が家の表戸を開けて土間に入ってみると、ここにも誰もいない。

「気分はどうだえ」と念のため納戸に向かって声をかけてみるが、シンと静まり返っている。

「チヨさん家かな」と呟いて、宗次は筋向かいの家を訪ね表戸を開けてみた。

　夕餉の仕度が始まっているのか、旨そうな味噌汁の香りがする。

「おや、どしたの？」

　竈の前で鍋のふたを開け、竹串で何かを突き刺そうとしていたチヨが、鍋のふたを元に戻した。

「ここに来ていないようだな」

　と、宗次は自分の家と同じ間取りの屋内を見まわした。

「来ていないようだな……って、あの女のことかえ」

「うん」

「あら嫌だ。私はつい今しがたアキさんと一緒に、味噌汁と白身魚の煮つけを届けて戻ってきたところだよう。随分と元気を取り戻したみたいで、安心してたんだけどさ」

「が、姿が見えない」

「そんなあ……」

「大丈夫だ。チヨさんは台所仕事をしていてくんない」

そう言い残しておいて、宗次は次に飴売り金三の家を訪ねた。

「いるかえアキさん」

と宗次が勢いよく表戸を開けると、目の前の板の間で早帰りだったのか金三が茶碗酒を飲んでおり、しゃがんで竈を竹で吹いていた秋江が驚いたように立ち上がった。

「どしたのさ先生。怖い顔してるよ」

「あの女がいねえ」

「いねえ?……そんな馬鹿な。今しがたチヨさんが味噌汁と白身魚の煮つけを届けるのに、あたし付き添ったんだよ」

「だが、いねえ」

「そりゃ大変だわ先生。あの女、かなり元気を取り戻してはいたけど」

「いいやな。アキさんは台所仕事をしていてくんない。俺が心当たりを探してみるから大丈夫だ」

そう言い残して長屋口を表通りに出た宗次であったが、〝心当たり〟などあろう筈がない。

宗次は鎌倉河岸すぐ其処の居酒屋「しのぶ」の暖簾を潜った。

この刻限さすがに、まだ客の姿はない。

「なんだい先生。今日は馬鹿に早いじゃない。それよりも、あの女を長屋に残しておいて、うちで酒などいいのかい」

女将の美代が調理場から顔を覗かせた。

「今朝は雑炊をすまなかったな、ありがとよ」

「美味しかったのかしら、喜んで食べていたよ。あの女」

「その、あの女が消えてしまったい」

「なんだって」と驚く美代の頭越しに、亭主の角之一も顔を出した。

「消えたって……書き置きも何も残さずにかい」

と、美代が調理場から店土間まで出てきた。

「絵師の家だから筆も紙も部屋のそこいらにあるが、書き置きも何も無しだ。あの女、何か言ってなかったかえ。何処に住んでるとかよ」

「何処其処に住んでいる、というようなことは言ってなかったけど、お百度参りの御利益高いことで知られた東晃寺はどの方角ですか、と一度だけだけど然り気なく訊かれたねえ」

「東晃寺ってえと、大梅林で知られた王子飛鳥山下のかえ」

「そう」

「此処からだと遠いじゃねえか。いくら少し元気を取り戻したからって、あの体じゃあとても東晃寺までは辿り着けめえ。ましてや、申ノ刻を過ぎたこの刻限だ」

「だよね」

「判った。ありがとよ」

「王子まで走るのかえ。うちの角之一も連れてお行きよ」

「冗談じゃねえ。この店はこの店で仕事疲れの客にとっちゃあ大切なんだ。角さんを借りたり出来るけえ」

宗次は美代の肩を軽く叩くと「しのぶ」を飛び出した。

どうしようもない嫌な予感が、脳裏を右上から左下へ斜めに走った。

十六

鎌倉河岸の居酒屋「しのぶ」を出た宗次が、三河町の通りを北へ二、三町と行かぬうちに、頬にポツリと冷たいものが当たり出した。

立ち止まって空を仰いだ宗次は、舌を小さく打ち鳴らしてほんの少し考え込む様子を見せたあと、来た道を戻り始めた。

屋根葺き職人久平の女房チヨが、姿を消してしまった女に魚の煮つけと味噌汁を届けてから、さほど刻は経っていない。

（「しのぶ」の雑炊を食してやや元気を取り戻したとはいえ、弱り切っていた足腰だ。まだ、そう遠くへは行っちゃあいめえ）

そう考えて宗次は、雨が降り出すことで女は八軒長屋へ戻ってくるかも知れない、と読んだのだった。

それに申ノ刻（午後四時頃）はとうに過ぎて夕七ツ半（午後五時頃）になろうとしていたから、日が沈み出すのも遠くはない。

頬に当たる冷たいものも大粒になってきた。

（「しのぶ」の女将(かみ)さんの話じゃあ、女はお百度参りの御利益(ごりやく)が高いことで知られた東晃寺はどの方角か、と訊(き)いていたらしいが……）

女はそこに一体何の用があるのか、と宗次は首をひねった。

宗次の早足が、三河町の通りから、濠(ほり)沿いの鎌倉河岸の通りに出た。

そこに〝事態の急変〟が待ち構えていた。

宗次の全く予想していなかった事であった。

通りを右に折れて数歩と行かぬ内に、「そ、宗次先生……」と呼び止める声があって、宗次の足は止まった。

振り返ると、春日町の平造親分の下っ引き五平が、余程大急ぎで駆けつけて来たと見え、ぜいぜいと肩で息をしながら、足元を泳がせるようにして宗次に近寄ってくる。

　と、降り出していた雨が何故か急に止んだ。

「どしたい。五平さん」

「せ、先生。日暮れ近いところ申し訳ござんせんが、すぐに『室邦屋』へ駈けつけて下さいやせんか。平造親分が待っておりやす」

　そう言って苦しそうに咳き込む五平だった。

「何かあったな」

「へい。室邦屋の孫娘、トヨという四歳の幼子が、つい先程、裏庭の味噌醤油蔵で見つかりやした」

「なんだと」

　と驚いて目を見張った宗次は、この時にはもう、五平をその場に残して韋駄天走りで駈け出していた。

　宗次が驚いて目を見張ったのも無理はなかった。凶賊の手にかからなかった室邦屋の飯炊き婆さんツネから宗次が聞き出した話では、四歳の幼子トヨは〝勝村勇之助と思われる小柄で、ひ弱そうな黒覆面の浪人〟に連れ去られた筈である。

そのトヨが室邦屋裏庭の味噌醤油蔵で見つかったと言うのだ。

(一体全体どうなってんでい)

と、宗次の頭は、韋駄天走りのなか、めまぐるしく回転した。

これまで宗次がそっと窺(うかが)った限りでは、神田向福寺旧本堂の手習塾に立つ勝村勇之助に不審な様子はなかった。尤(もっと)も、勝村に面と近付いてあれこれ話を訊き出した訳ではなく、あくまで遠目による様子探りでしかなかったのだが……。

今のところ宗次が、勝村勇之助に近付き過ぎないのは、勝村が住む猫長屋の部屋(すまい)に怪しい点が全く無かった事と、なによりも脚と目が不自由な勝村の老母の人柄や話に、一点の曇りも無い清清しいものを感じたからだ。

向こうに瀬戸物問屋の老舗「室邦屋」が見えてきたので、宗次の韋駄天走りがようやく緩んだ。

店はもう閉ざされていて、店前(みせさき)には同心、目明しの姿もない。

なにしろ、飯炊き婆さんツネと、味噌醤油蔵から見つかったとかいう四歳の幼子を除いては皆殺しなのだ。

　近年の大江戸では見られないその余りにも残忍な事件に、界隈の店も心做しかひっそりと静まりかえって元気が無い……かに宗次には見えた。

　室邦屋の前に立って、宗次は閉じられている表戸の潜り口を軽く叩いた。

　二度繰り返して叩いたが反応が無い。仕方なく宗次は潜り口に手を掛けて左へ引いてみた。

　滑り悪く開いた潜り口の溝の端から端にかけては、すでに乾いてはいたが血痕がべっとりあって事件の残忍さを窺わせた。

「許せねえ」と呟いた宗次の目つきが険しくなり、奥歯がギリッと噛み鳴る。

　怒りが新たにこみ上げてきた宗次であった。

「お、来てくれたかい宗次先生。絵仕事で忙しいのに、すまねえ」

　店の間から奥へ通じる廊下口に下がった長暖簾を両手で開き、平造親分が顔を覗かせた。

「幼子が見つかったそうで……」と、宗次が抑え気味の声で言った。

　平造が黙って頷きながら、框に腰を下ろした宗次のそばにやって来て、しやがみ込んだ。

「鉄砲町の銀吾親分が台所奥の味噌漬物蔵でガサゴソやり出している内にな、俺あ念の為にと庭をひと回りしてみたんだ」

「そして裏庭の味噌醬油蔵でトヨを見つけたんですねい」

「うん。筆頭同心飯田様と俺とで一度検た所なんだがよ、二度目に蔵の扉を開けたら幼子が眠っているじゃねえか」

「そいつあ驚きやしたでしょう」

「驚いたの、なんのって。なにしろ俺と飯田様とで丹念に検終えた所だったからよ」

「で、幼子の体に傷などは？」

「無え。それについちゃあ大丈夫だ」

「それにしても一体、トヨはどうして蔵の中に？」

「そこなんだ宗次先生よ。どういう訳かトヨは全く口を利かねえんだ。そこで近所の店筋でトヨの気性について訊いてみたんだがな、はっきりとものを言う、たいそう利発な子らしいのさ」

「なるほど……もしや怯えて口が利けねえってんじゃないんですかい」

「どうもそのようには見えねえんだが」

「トヨは今、何処にいるんです？」

「下谷広小路の茶問屋『水谷屋』の姑さんに手を引かれて、日暮れ近くなった庭をぶらぶらと歩いてるよ」

「下谷広小路の水谷屋ってえと、あの老舗の大店のですかい」

「ああ、その老舗の大店だい。なんでも、殺された室邦屋の主人室辺邦衛門の遠縁に当たるらしい」

「それはまた……」

「でな、宗次先生よ」

「へい」

「筆頭同心の飯田様が、トヨをお前さんに預かって貰ったらどうか、と仰るんだが」

「私がですかい」

「引き受けちゃあくれめえかい。なあに、家に引き取って面倒見てやってくれってんじゃない。今日は間もなく一日が終るからよ、明日からでいいんだい。トヨに優しく接して、何か訊き出しちゃあくれめえか」

「水谷屋の姑さんに対しても、トヨは何一つ喋らねえんですかい」

「喋らねえ」

「うーん」と宗次は思案した。わが家……と言うよりは八軒長屋には今、素姓知れぬ行き倒れの女の問題もあるのだ。

「手伝ってくれるよな先生よ」と、平造親分にジロリとした目で嘗め回され、

「それじゃあ……」と応じる他ない宗次であった。

平造の人柄を殊の外気に入っているし、女房子供の姿絵も描いてやり気心も通じ合っている。平造とその家族のためになるなら剣を手にしてもよい、とすら密かに考えを固めている宗次であった。今や「おれ」「おまえ」の間柄でもあるのだ。

「じゃあ親分、先ず水谷屋の姑さんと一緒にいるトヨの様子を、ちょいと私に見せてくんない」

「うん判った。ついて来ねえ」

二つ返事で平造親分は腰を上げると、店土間に脱いであった雪駄をつっかけた。

「こっちだ」

と、平造は宗次を促し、店の間口を広く見せるため、やけに細長く造られているだだっ広い店土間の西側へと足を向けた。

宗次は平造の後に従った。

店土間の西側突き当たりは長暖簾で仕切られていて、大きな竈が五つも並んでいる台所になっていた。店を訪れた常連客に対しては、店土間に続くこの台所で茶菓を整えるのだろうか。

先に立つ平造は、その台所から庭先へと出ていった。

宗次は平造のがっしりとした背中に向かって訊ねた。

「鉄砲町の銀吾親分は、もう此処にはいねえんですかい」

「俺が裏庭の味噌醬油蔵で幼子を見つけるとな、ぶすっとした顔つきで、下っ引きの助六を従え帰ってしまったよ」

「なんだい。務めを途中で放り出してですかい」

「ま、子供みてえなところがある銀吾親分だからよ。筆頭同心の飯田様もただ苦笑するだけで何も仰らねえ」

「飯田様はまだ此処にいらっしゃるんで？」

「いるわさ。他の同心の旦那方と一緒に、トヨの様子に注目していなさる。それにしても、トヨはこれからどうなるのかねい。胸が痛まあ、あの幼い子の事を考えるとよ」

「水谷屋へ引き取られるんじゃあ、ねえんですかい」

「飯田様はその方向へ、話を持っていく心積もりでいらっしゃるようだが」

「水谷屋の姑さんとかは、その事については何も言い出さねえんですね」

「今のところはな……が、悲しんでいらっしゃるよ、幼子のことを」

「そりゃあ、そうでしょう」

「うん、そりゃあ、そうだ」

と頷きつつ、雨戸を開けっ放した広縁に沿って歩いていた平造の足が止まった。

背丈のある宗次は、平造の右肩越しに、トヨの小さな姿を捉えていた。

姑と一目で判る白髪の年寄りに手をひかれた幼い子が、年寄りに頻りと何事か話しかけられている。

が、俯き加減の幼子は、何も答えない。

宗次は、父母の愛情も、祖父母の温かみも知らずに育った己れにトヨの小さな姿を重ね合わせて、（たまらねえ……）と胸を痛めた。

困窮する誰彼に裏で高利のカネを貸しては非情に取り立てていた、と噂されている室辺邦衛門と老妻ヨシではあっても、幼子トヨにとってはかけがえのない祖父母であった筈だ。

広縁には同心たちがやや向こう向きに腰を下ろして、トヨと年寄りの様子を眺めている。

筆頭同心飯田次五郎が小さく振り向いて平造と宗次に気付き、然り気なく広縁から離れた。

宗次は近付いてくる飯田同心と目を合わせ、黙って頭を下げた。

「よく来てくれたねい先生、忙しいところすまねえ」と、小声の飯田であった。

「とんでもありやせん。大体のところは平造親分から聞きやした」

「あのお年寄りが……」

と、上体を少しねじって件(くだん)の二人の方を見た飯田同心が、「下谷広小路の茶問屋の老舗、水谷屋の姑さんで清乃(きよの)さんと仰る」と、囁き声で続けた。

「その清乃さん、一生懸命に話しかけていなさる様子ですが、幼い今のトヨにゃあ、あれじゃあ逆効果でござんすよ」

「お、そうなのか……」

「私(あっし)は、そう思いやすねい。ご覧なせえ、トヨの小さな体が硬くなっていやす」

「う、うむ……」

「明日からトヨに接してほしい、との事でござんすが、べつに今からでもよござんしょ」

「うん、まあ……じゃあ姑さんに、ちょいと耳打ちしてみようかえ」

「いや、私(あっし)が動きやしょう。旦那がいきなり無用心に近付くと、トヨが怖がりやしょうから」

「おいおい。儂の面あ、そんなに恐ろしく出来てんのけ」

「江戸の治安を押さえていなさるんだ。恐ろしい面でなきゃあ困りまさあ」

宗次は飯田次五郎の肩をポンと叩くと、位置を入れ替わるようにして、同心旦那と平造親分から離れた。

「ちっ。好き勝手なことを言いやがる」

と、苦笑まじりの飯田に対して、切れ者親分で知られた平造も苦笑して囁いた。

「さすがの飯田様も、宗次先生にゃあ、かないませんねえ」

「まったく、あの絵師さんにゃあ何を言われても腹が立たねえんだから、癪にさわらぁな」と、次五郎も囁き返す。

「へっへっへっ。男の義俠心が、男の義俠心に惚れたって事ですよう」

「気色の悪い笑い様をすんじゃあねえ。そう言うお前はどうなんでい」

「くやしいが、宗次先生になら、いきなり横っ面を張り飛ばされたって、腹が立ちやせんや」

「それ見ねえ」

「妙に気分が溶けちまうんですよ。あの御人の動き様を見たり、言葉を聞いていたり致しやすとね」

「平造は今、あの御人、と言ったな」

「へい、申しやしたが」

「実は儂もな、あの絵師先生の前に出ると、あの御人、という気分に陥ってしまうんだから妙じゃあねえか」

「飯田様……ひょっとして宗次先生という御人は……」

「おい平造。それから先を考えたり口にしたりするのは止しにしねえ。止しにした方がいい」

「が……気になっているんですよう、もう長いことねえ。だから、思い切って宗次先生に……」

「おうっと止しにしねえって。今迄通りの付き合いでいいじゃあねえか。あの御人の素姓ってのを知っちまったら、これまでの付き合いが一気に毀れてしまうかも知れねえ」

「そうですかねい」

「場合によっちゃあ、天才絵師宗次は江戸から消えちまうかも知れねえ。それくらいの事は、いとも簡単に決めてしまう御人だぜ、ありゃあ」

「そ、それは困りやす。宗次先生と飲む酒は格別に旨いんだから、消えて貰っちゃあ困りやすよ」

「お、おい見ねえ平造。姑さんにかわって手をつないだ宗次先生によ、トヨが自分から話しかけてるぜい」

「こいつぁ、たまげた」

「一体全体なんてえ御人だい。あの人はよう平造」

室邦屋の庭は、惨劇を忘れたかのように、穏やかに日暮れを迎えて薄暗さを増しつつあった。

その薄暗さの中で、手をつないでくれている宗次を見上げた小さな体が、はじめて口元に笑みを見せた。かたい笑みではあったが……。

宗次が静かな笑みを返しつつ、何やら言っている。

その光景を――神憑り（かみがか）的ともとれるその光景を、飯田次五郎も平造親分も、半ば茫然として眺めた。

十七

「そうかえ、今日のところは他愛(たわい)ない話で終始したってえのかえ」

北町奉行所筆頭同心飯田次五郎はそう言いながら、疑わしげな上目使いで宗次を捉えつつ、三つあるぐい飲み盃に自分から酒を注(つ)いでいった。

平造親分がトクトクトクトクと音立てるその徳利(とつくり)の先と、宗次の顔とを見比べるかのように、チラッチラッと然(さ)り気(げ)なく目を振っている。

宗次は「へい」と頷いて真顔だ。

「ともかく、ま、ご苦労さん。今宵は儂のおごりだ。遠慮なくやってくんねえ宗次先生」

「ありがとござんす」

三人はぐい飲み盃を手にすると、カチンと軽く触れ合わせて口元に運んだ。

宗次と平造は一気に飲み干して共に「ふうっ」と満足の吐息を出したが、飯田同心は盃の端に唇を当てた程度で高脚膳(たかあしぜん)（四脚が普通よりも高い膳）に戻した。コトリと微かな音。

ここは鎌倉河岸、お濠端沿いの三人が馴染みの店、居酒屋「しのぶ」。

表口を入って、細長く向き合って連なる〝板敷き小上がり〟の間を奥へ行った突き当たり。

そこの三畳ほどの個室板の間で飯田次五郎、平造親分、宗次の三人は高脚膳を前に真顔で座っていた。飯田次五郎は胡座を組み、平造と宗次は正座である。

三人がこの馴染みの店で徳利を囲む時、筆頭同心飯田は侍と町人の作法差別についてて全くうるさくなかったが、平造も宗次もちゃんと心得ている。気心知れた間柄とはいえ胡座を組んで飯田同心に向き合ったことはない。

店内は小上がりも床几の席も卓席も、すでに満席で騒然と沸き立っていた。卓席といえば聞こえはよいが、ひっくり返した醬油樽四つを脚としてその上に一畳大ほどの薄板をのせただけの簡単なものである。

この卓席だけでも「しのぶ」には五卓も犇めき合っているから、いまやこの店は江戸城の北側一帯では〝飲み屋の名店〟として知らぬ者がない。

が、満席ともなると、店内は相当にうるさかった。

なにしろ職人、浪人、貧乏侍、商人、棒手振り、女太夫（鳥追など三味線弾き）それに役人などの常連が、それも席を選ばずに座り左右前後の客同士盃をくみ交わして騒ぐのだから、ヤンヤヤンヤの大酒盛となる。

これがまた店の大原則「しのぶ流」ではあるのだが。

「それにしても、うるせえな。これじゃあ当たり前に話を交わすことも出来ねえや」

飯田次五郎が舌を打ち鳴らし、空になった平造と宗次の盃に、不機嫌そうな表情で酒を注いだ。

「今夜はお飲みにならねえんで？」

と、宗次が自分の膳にのっている徳利を手にして、飯田次五郎に勧める。

飯田は自分の盃をようやく空にすると、ぶすっとした顔つきのまま宗次の酒を受けた。

だが、飲まずにそれを膳に戻し、宗次と目を合わせた。

「おい、宗次先生よ」

「へい」

「取り敢（とあ）えず水谷屋に引き取られる事になったトヨだがよ。この幼子とは本当に他愛ない話で終始したんだろうな」

「お疑いでござんすか」

「いや、べつに疑っちゃあいねえが。トヨが下手人につながる何か小さな事でもお前（めえ）さんに口にしたんじゃねえか、と思いたくてよ。なにしろ、飯炊き婆さんツネには何を話しても訊（き）いても、そりゃ聞こえませぬといったポカーンとした面（つら）だ。まいっちまうぜ」

「私（あっし）もツネさんには手子摺（てこず）りやした」

「本当に手子摺ったんだろうな」

「飯田様あ……」と、宗次は背すじを伸ばして相手を見た。

「い、いや悪い。気を悪くしないでくんねえ。お奉行からよ、四、五日中には何としても下手人に辿り着けい、と厳しく申し渡されてよ。頭の中が真っ白なんでい」

「四、五日中……ですかい」

と呟くように応じた宗次の脳裏を、勝村勇之助の顔が過ぎった。

（勝村は違うな……間違いなく下手人じゃねえ）

と胸の内で呟いて、宗次は盃を口に運んだ。

平造が然り気ない顔つきで、しかし一瞬だが目の奥を鋭く光らせ、宗次の一挙一動をやや上目使いで追った。

江戸の目明しにこの人あり、とまで言われている春日町の平造親分である。

ところが……。

盃を空にした宗次が、その盃を平造に静かに差し出した。

「さ、親分。私なんかの面あよりは、酒の方が旨いですぜい」

「お、おう……」

と、慌て気味に宗次の盃を受け取る平造が、（まいったな……）といった感じで首を小さくひねり、唇の端に苦笑を浮かべた。

そこへ店の主人角之一が、大皿によく肥えた秋刀魚の塩焼きを三尾のせてやってきた。

「申し訳ねえ。今夜は皿も碗も足らなくてよ。ちょいと行儀悪いが大皿盛りで勘弁してくんない。そのかわり……」

　と、そこで声をひそめて、

「こいつあ、私のおごりだ」と続け、大皿を上がり框に置いてせかせかと離れていった。

「なんでえ。大根おろしが付いてねえじゃねえか」

　と、平造が不満そうに大皿を引き寄せ、三人の間にそれを置いた。

「この大層な賑わいじゃあ、大根おろしを忘れても仕方があるめえ。ま、今夜は大目に見てやんねえ平造」

　飯田同心が相変わらずムスッとした表情で、塩焼きの秋刀魚に箸を伸ばした。

「ところで飯田様……」と、宗次が飯田同心に額を近付ける。

「室邦屋の金蔵からは一文も盗られちゃあいねえ、と耳に致しておりやすが、あれほど残忍な押し込みを働いておいて、一文のカネにも手をつけなかったてえのは、納得できやせん。本当にカネは盗られておりやせんので？」

「うむ。金蔵は荒らされておらなかった。と言うよりは、錠前が開けられた形跡が無いことは、はっきりとしておった」

「じゃあ、皆殺しに近い押し込みの目的ってえのは、何だったんでござんしょうね」

「それが全く判らんのだ。丹念に調べれば調べるほど判らねえ」

「室邦屋は陶器瀬戸物の商いでは、江戸で三本の指に入る大店と聞いておりやす。大名旗本家との取引も少なくないと存じやす」

「それは確かにな。水谷屋の姑も、そう申しておった」

「もしや……」

「うん？……どしたい先生」

「押し込んだ賊たちの目的はカネではなく、陶器瀬戸物の類であった、って事はござんせんでしょうかねい」

「な、なんだと」

飯田同心と平造の顔つきがサッと変わった。

「陶器瀬戸物の類の中に、千両や二千両どころでない値打物があったとしたら、どう致しやす？　重い千両箱を二つも三つも盗み担いで逃げ走るより、千両値打ちの陶器一つを持って逃げ走る方が、はるかに楽でござんす。賊にとっちゃあ、安全でもありまさあ」

「な、なるほど。よいところに気が付いてくれたな先生よ。さすがだい」

「たとえばの話でござんすが、京都の室町に王朝風の伝統的建築様式を取り入れて『花の御所』を設けられやした足利義満公ご愛用の純金の茶壺や茶碗が、何らかの理由で室邦屋にあったとしたら？」

「そりゃあ大変なことになるだろうぜい。足利義満公ご愛用の純金の茶壺や茶碗となると、おそらく三千両や四千両はするだろうぜい」

「とんでもありやせん。そういうのを扱いやす闇市場に流しやすと、たちまち一万両の値はつきまさあ。間違いなく」

「な、なんと……一万両というか先生よ」

さすがの飯田同心も平造も目をむいて驚いた。

「ま、あくまでたとえばの話でござんすがね」

「わかったよ先生。さっそく調べの方法を考え直してみるぜ。おい平造、とにかく一度奉行所へ戻ろう」

「へい、それがよござんす。宗次先生よ、今日は忙しいところトヨの件ですまなかった。いずれ改めて礼をさせて貰うからよ」

「礼なんて、とんでもねえ。夜道お気を付けなすって……」

宗次は飯田同心と平造を店の表口まで見送ると、立て込んだ客たちの間を抜けて店の奥、突き当たりの暖簾をかき分けて、調理場の裏口から一歩入った。

主人(あるじ)の角之一は客と大声で笑い合っていたが、同心と目明しを見送る宗次を終始目で追っていた女将の美代は、せわしく動かしていた両手を休めて待ち構えていた。

「手ぜわしいところ、すまねえが」

「なに？　いいよ」と、調理場口の宗次に顔をくっ付けるくらいに、美代は近寄った。

この女将も、宗次が大好きだ。過去に「自分の裸身を是非(ぜひ)描いてほしい」と宗次にねだっているが、「女将の裸なんぞを見た日にゃあ、角之一つぁんに顔向けができやしねえ」と、あっさり拒否されている。

「行方が判らなくなったあの女(ひと)だが、長屋へ帰っているかえ女将？」

「まだ帰ってないみたいだよ。宗次先生は探しに出たんじゃなかったのかい」

「あ、いや、飯田様の御用で、ちょいとな」

「一体どこへ消えちまったんだろうねえ。長屋へ戻ってきたら夜食に何ぞ温かいもんでも届けるから直ぐに言っとくれ」

「ありがとよ。じゃな……」

宗次は美代の肩を軽く叩くと、調理場から顔を引っ込めて、「しのぶ」を後にした。

また雨が降り出していた。思い出したように。

十八

小雨が降り出した中、宗次は八軒長屋に戻ると、鴨居に掛ける小形の「安全行灯」の火を点して納戸を覗いてみた。

が、素姓知れぬ女の姿はなかった。板の間、座敷、台所などにも変わった様子はない。いつもそこにある物は、位置も向きも変わらずにあった。

決して女を疑う訳ではなかったが一応の確認のため、宗次は絵仕事で日常的に必要とする金子をしまってある簞笥の二段目の引き出しを先ず開けてみた。

金子はあった。位置も変わっていない。

次に一番上の引き出しを開けてみた。名刀彦四郎貞宗の大小刀が、白い布地を下に敷き変わらず静かに横たわっていた。貞宗は鎌倉末期から南北朝初期にわたって数数の名刀を生み出し「左兵衛尉」に任ぜられた正宗直系の名刀匠である。また貞宗は、梵字、爪付、蓮台などの重ね彫りの名手としても知られた名彫刻師でもあった。

「やはり戻っていなかったか……」と呟いた宗次は小さな溜息を吐いて、一番上の引き出しを閉じた。

いや、閉じかけたその手が動きを止め、二つの目が光った。

宗次の右手が、親指と人差し指で何かを抓もうとでもするかのように、簞笥の中へそっと入る。

抓み出したのは、白い布地の上に見つけた一本の長い黒髪であった。

宗次は鴨居に掛かった行灯に近付いていき、黒髪を明りに翳してみた。

いまにも切れそうなほど、頼りなさ気な細い黒髪である。

（私の髪ではない……）と、宗次には直ぐにわかった。

宗次は黒髪を鼻に近付けてみた。

微かにだが、よごれの埃くさい臭いに混じって、鬢付け油の香りを捉えた。少し気の利いた町女は普通、ほとんど香りの無い胡桃油を使うものだが……。

（あの女だな……）と、宗次は思った。女が箪笥の一番上の引き出しを開けたというのだ。何の目的でか。

箪笥の位置まで戻った宗次は彦四郎貞宗の大刀を取り出して、鞘を払い、再び鴨居の行灯そばへ移った。

そして、彦四郎貞宗の刃を鍔元から切っ先まで、ゆっくりと検ていく。

刃にも、刀身自体にも異常は無かった。

宗次は小刀も同じように検ていったが、これもいつもの彦四郎貞宗の小刀であった。

八軒長屋の女房たちは、宗次の家を訪れても、此度のような余程のことがない限り、土間から上へ上がり込む事はない。

そのことを、誰よりもよく知っている宗次であった。ましてや、箪笥に手を触れることなどは絶対にない、と確信している。

「ま、女が戻ってきたなら率直に訊いてみるか……」

宗次は、考えをそのように切り替えて小雨降る夜の中へまた出た。傘は差したが足元提灯は手にしなかった。表情は冴えない。

幼子トヨの手をひいて室邦屋の広い庭を歩きながら交わした言葉が、宗次の脳裏から消えることがなかった。

「だれにも言わない？」

「うん、言わないよ。約束する」

「覆面でね、顔を隠したおじさんがね、此処で動かずにじっとしていなさいって言ったの」

「此処って……あそこに見えている作りかけの味噌や醤油が沢山入った蔵だね」

「うん、そう……奥の方の暗い所で」

「怖いおじさんだった？」

「優しかった。片方の目が小ちゃくてね、優しかったよ。何度も頭、なでてくれた」

「そうか、なでてくれたか。で、誰かに似た感じだったかな」

「目もね、声もね、手習いの先生に似てた」

「手習いの先生って……勝村勇之助先生かい」

「そう、勝村先生……」

宗次とトヨ、二人の間だけで交わされたそれは衝撃的な会話であった。奉行所の捜査を攪乱させる目的で、トヨを味噌醤油蔵へ押し込めたことは明らかである。

押し込めた、とはいっても手足を縛られていた訳ではなかった。

ただ、蔵の扉には閂が通されてはいた。

宗次は、シトシトと小雨降る夜道を、八軒長屋の西側に並ぶようにして建っている猫長屋へ足を向けた。

勝村勇之助が老母と住む猫長屋の長屋口というのは、八軒長屋の長屋口とは全く逆の方角を向いている。

しかもこの二つの長屋は、その敷地の境界が高さ六尺ばかりの塀で仕切られているものだから、表通りを、ぐるりと回り込まねば往き来できない。

宗次は猫長屋の長屋口を入ると、溝板を踏み鳴らさぬよう気を付けながら、一番奥の家を目指した。小雨のためか猫たちは見当たらない。

この長屋で表戸の障子が行灯でボウッと薄明るいのは、ほんの三、四軒で、他は真っ暗だった。貧乏長屋だから皆、安い鰯油の行灯でさえ節約しているのだ。

足音を立てぬよう勝村勇之助の住居に近付いて行った宗次は、少し手前でそっと傘をたたんで立ち止まり、息を止め五体から力を抜いていった。

勝村勇之助に気配を捉えさせないため、己れを〝無の状態〟へと陥らせたのだ。

宗次は、表戸の障子に行灯の明りが揺れている勝村の住居へと、慎重に近付いていった。

表口の手前、目の高さ程の位置に一尺四方ほどの櫺子小窓がある。

宗次はそこへ、用心深く顔を近付けていった。

縦格子に中を窺える僅かな隙間があった。

勝村勇之助が老母の肩を、穏やかな手つきで揉んでやっている。

「強過ぎませぬか母上」

「ちょうどいい按配ですよ。塾の仕事で疲れているだろうに、すまないねえ」

「そのうち、いい先生に診て戴きましょう母上。もう暫く、辛棒して下さい」

「私はもう、いいのですよ。これからは自分の人生のことだけを考えなさい」

「母上に長生きして戴くことが、私の生き甲斐ですので」

「母というのは子の幸せを願うものです。そなたが幸せになれば、それは母にとっても幸せなのじゃ」

「私は母上を大事にすることが、自分を大事にすることだと信じております」

物静かな二人の会話であった。

老母の肩を揉む勝村勇之助の表情は、実に慈愛に満ちていた。

（なんだか出来すぎた光景だなあ）

そう思いながらも宗次は、室邦屋の残酷な事件に勝村勇之助はおそらく関係ない、と考えた。断定、といってもいい思いであった。

勝村勇之助が殊の外剣術を苦手としていることは、すでに人品いやしからぬ老母多代の口から聞かされている宗次である。

ただ、宗次には気になることが二点あった。

一つは、行方が判らなかった幼子トヨは塾を休んでいた筈であり、そのことに塾長として勝村は疑問を感じたり心配したりしなかったのかどうか。

もう一つは、室邦屋の残虐事件はすでに広く一帯に知られ始めており、それに対し勝村は塾長として具体的な弔意（ちょうい）の姿勢を示したのかどうか。

この二点であった。

宗次は勝村勇之助の住居（すまい）から足音立てぬように離れ、長屋口で傘を差した。

そして、その場で少し考え込んだ。

（こいつあ矢張り、神田向福寺の信念和尚に訊（き）いた方がいいかも知れねえな）

うん、と頷いて考えを固めた宗次は、足早に歩き出した。

小雨降る暗い夜道とはいえ、神田向福寺までは宗次にとって馴れた道だ。近道も知っている。

宗次は差した傘を邪魔に感じる程に急いだ。

（もしや……勝村勇之助には、うり二つの兄か弟が室邦屋事件の下手人として存在しているのではないか。あるいは双児（ふたご）の）

宗次の考えは、そこに突き当たった。剣術が苦手で、老母に対する優しい勝村勇之助を眺めていると、そう思うほかなかった。

（それにしても室邦屋事件の下手人らしいのが、私に刃を向けてくる理由が判らねえ。安井稲荷神社で襲いかかってきやがった野郎は確か〝目ざわりな〟と言いやがったが）

宗次は考え考え夜道を急いだ。

背に小汗がふき出るのを感じて歩みを緩めたとき、前方に向福寺の表山門が白くぼんやりと浮き上がるようにして見え出した。

「お？」と、宗次は差していた傘を脇へ下げ、夜空を仰いだ。

傘を斜め深めに差して急いでいたので気付かなかったが、いつの間にか降っていた小雨は止（や）み、月が出ていた。

「ありがてえ」と、宗次は傘をたたんで表山門へ向かった。

庫裏(くり)の広間ででも夜の読経(どきょう)の修行を続けているのか、唱和する若い僧たちの声が微かに漏れ聞こえてくる。

宗次はその庫裏の玄関前に立ち、来訪者があることを知らせる軒から下がった平板を、同じく軒から下がっている桴(ばち)で叩こうとしたが、思い直した。

宗次は、庫裏玄関のやや重い板戸を左へ引いた。

開いた。錠はおろされていなかった。僧たちの唱和する声がはっきり聞こえた。

暗い玄関土間に入ると、奥へ続く廊下に行灯の明りが漏れていた。

宗次は修行僧たちの邪魔をせぬよう、庫裏玄関の右手奥から庭先へ出、月明りを頼りに、閉じられた廊下の雨戸に沿って、信念和尚の部屋を目指した。

幸いなことに、庫裏の奥まったところにある信念和尚の居間は、六枚の雨戸の内の二枚だけを開けていた。

和尚は文机に向かって、何やら書きものをしている。

宗次は「和尚……」と、そっと声を掛けた。

べつに驚くこともなく、信念和尚は静かに顔を上げた。

「おやおや、このような刻限にどうなされた。ま、お入りなされお入りなされ」

「よござんすか」

「新本堂の襖に目を見張るような〝鶴と菖蒲(しょうぶ)〟を六枚も描いて下された宗次殿じゃ。さ、お入りなされ。遠慮は無用ぞ。旨い茶をいまいれて差し上げよう」

信念和尚は目を細めて手招きを繰り返した。

「いや、和尚。お茶はまたの機会に頂戴致します。今宵はちょいとお訊(き)きしたい事がありまして参りやした」

宗次は声の調子を抑えて言いつつ、雪駄を脱いで上がり、文机をはさんで和尚と向き合った。

「なんぞ深刻なことかの。いつもは明るい宗次殿にしては珍しく厳しい目つきじゃが」

「陶器瀬戸物問屋の室邦屋に押し込みが入ったこと、もう和尚の耳に入っておりやすか」

と、宗次は出来るだけ、やわらかな口調で訊ねた。

「おうおう、耳にしているとも。耳に入れてくれたのは勝村殿じゃ。酷い事件じゃったらしいのう」と、信念和尚は眉をひそめた。

「殺害されやした室邦屋の主人にはトヨという四歳の孫娘がおりやして、このトヨが旧本堂の勝村先生の塾に通っていたことは、和尚もご存知の通りでござんすが……」

「うむ、いつも二番番頭さんの送り迎えで通っていたようじゃ。とは言うても四歳の幼子のことじゃから、通っていたのは確か四日に一度とか五日に一度だったように思うがのう」

「ほう。毎日通っていた訳ではござんせんので?」と、宗次の目つきが険しくなる。

「いやいや、毎日ではなかったな。毎日ではなかった」

「さいですか」と頷いた宗次は、これで二つあった疑問点のうちの一つが消えた、と思った。数日に一度しか通っていなかったトヨなら、塾を一度や二度休んだところで殆ど目立たない、と考えられる。

つまり塾長勝村勇之助が、トヨの欠席を気にしないか気付かなくとも、さほど不自然ではない、ということであった。

「ところで和尚。此度の室邦屋事件は、勝村先生にとっちゃあ自分の教え子の家庭の大不幸でござんす」

「そうよな、まさに」

「勝村先生は室邦屋事件を知ってさぞ驚かれた事と存じやすが、弔意の姿勢を何ぞ具体的に示したようでござんすか」

「勝村殿は悩んでおったのう。皆殺しに近い残虐事件じゃったというから、誰に対し、どのように弔意を表せばよいのか、と儂のところへ二度も相談に見えたわ」

「和尚のところへ？」

「左様……二度もなあ」

「判りました和尚、ありがとうございました。このような夜分に訪れた無作法、どうかお許しくだされ。本当に失礼いたしやした」

「なんの……気にせずともよい」

「それから和尚……」

「判っておる判っておる。宗次殿が今宵ここを訪れて口にしたこと、誰にも言わぬ誰にも言わぬ。安心しなされ」

「ありがたや」

「宗次殿のことじゃ。余程の理由（わけ）がおありなのじゃろう。この信念の口の固さを信じなされ」

「はい……それじゃあ和尚、また別の日にゆっくりとお訪ねさせて戴きやす」

「一杯の茶も飲まずに帰りなさるか」

「へい。今宵のところは」

「なら、止めぬ。夜道気をつけて帰りなされや。酷（むご）い事件のあとじゃからのう」

「恐れ入りやす」

宗次は丁重（ていちょう）に畳に両手をついて頭を下げると、信念和尚の居間を出た。

十九

帰りの夜道は月が出たままであるというのに、小雨は降ったり止んだりであった。いや、小雨というよりは、霧雨に近い降りよう、と言った方がよかった。

面倒なので宗次は傘を開かないままに下げて歩いた。

「いささか空きっ腹だな」

呟いて宗次は、そういえば居酒屋「しのぶ」では殆ど箸を動かさなかったな、と気付いた。

「……今宵は儂のおごりだ。遠慮なくやってくんねえ……」と言った飯田同心が、支払いを忘れて「しのぶ」を出ていった事も思い出したが、これは心配しなかった。

「支払いの綺麗な飯田同心」で知られた役人であったから二、三日も経たぬ間に清算するだろう、と思った。

（「鳥清（とりきよ）」を覗いてみるかな）

そうと決めつつ宗次は、目の前の辻を、右の狭い石小路へと入っていった。

「鳥清」とは、焼き鳥屋であった。八軒長屋近くに住む腕のいい建具職人で知られた清市（きよいち）という男が酒の上の喧嘩で利き腕のスジを傷めてしまい、焼き鳥屋に転じて三年になる。

はじめ湯島天神近くで、屋台で出していたが、今では向福寺裏通り下一丁目に小店（こだな）を構えるまでになっていた。

なにしろ江戸では初めてではないかと言われている焼き鳥屋である。塩と醤油タレで焼く串焼きが、当たりに当たったのだ。

平造親分の顔が利く店なので、宗次も親分の供で何度か訪ねていた。

狭い石小路は半町と行かぬ間に、丸石をきちんと組み合わせて出来た急階段となる。石小路の名は、ここから来ていた。

月明りで足元はよかったが、宗次にとっては勝手知ったる馴れた道だ。丸石階段を上がり切ると猫の額ほどの竹林（ちくりん）が待ち構えていることも承知している。

土地の起伏が旺盛（おうせい）なこの界隈は、なにしろ竹林が多い。

竹林を抜けると今度は急な下り階段となる。この急な下りも無論、丸石をきちんと組み合わせて出来ていた。

「鳥清」は、この下り階段口から真っ直ぐに、ほんの少し行った右手にある。

上り階段をあと四、五段残したところで、宗次の足がふっと止まった。

宗次はゆっくりと振り返った。月明りで階段下まではっきりと見えている。

だが、誰の姿もなかった。静まりかえっていた。室邦屋の残虐事件が知られ始めた事から、夜の神田界隈は一気に鳴りをひそめ出している。

（はて……気のせいだったか）

胸の内で呟いた宗次は、階段を上がり切ったが、またしても動きを止めた。

だが、動きを止めたのはほんの一瞬だった。

振り返ることもなく宗次は、竹林へと入っていった。

猫の額ほどの竹林とは申せ、それでも十歩やそこいらで通り過ぎることが出来るものではない。薄気味悪いなりの広さはあった。

宗次は竹林の中ほどで立ち止まると、振り向いた。

と、竹林が急に暗さを強め出した。

宗次が夜空を仰ぐと、竹と竹の間にくっきりと見えている月に、雲が手を伸ばし始めたところであった。

「幸(さいわ)いというか……それとも不幸というか」

宗次が小声を漏らして夜空から視線を静かに落としたとき、つい今し方、己れが上がり切った階段のそこに、ぬうっと黒い影が一つ湧(わ)き上がった。

二十

「現われやがったか……」と、宗次は竹林を東と西に分けている小道の上に雪駄(せった)を脱いだ。

降ったり止んだりだった小雨の湿りで、素足(すあし)の裏に触れる竹の落葉がひんやりと冷たい。心地(ここち)良いほどだ。

夜空をとろりと流れる雲に邪魔(じゃま)された月明りが、闇と化したり薄明るくなったりを繰り返すその下を、そいつは足元を確かめでもするかのように、用心深くゆっくりと石組(いしぐ)み階段を上がってくる。

べつだん身を隠すこともせずに、その黒い影を見守っていた宗次の胸の内が、（お……）となった。

舞台を目指してせり上がってくるようなそいつの後ろ腰のあたりに、頭がもう一つ湧き上がったのだ。

雲がすっかり流れ去ったのか、竹林に皓皓たる月明りが降り出した。

竹の枝葉を通して注ぐ細かい木洩れ日、いや木洩れ月で宗次の顔体が斑模様となる。

そいつら二人が舞台へ上がり切って足を止めた。

覆面はしていなかった。臆する色も無く素面である。身形は明らかに浪人と判るものであったが、荒びたものを着ている、という訳でもなかった。

宗次は黙ったまま二人を見つめた。いずれも勝村勇之助らしき人物とは、似てさえもいなかった。体格が違った。二人とも大柄だ。

宗次が無言なら、相手二人も無言。

「私に何ぞ御用ですかい」と、宗次が訊く必要もなかった。すでに二人の左手は鯉口に触れており、一人は左回りで竹林の中へ踏み込もうとする様を、ジリジリと見せている。

二人とも、殺気はまだ放っていない。が、丸腰の宗次に対して一気に襲い掛かってこないところを見ると、宗次の腕の程を承知しているのであろうか。

ついに一人が竹林に踏み込んで、左回りに動きを速めた。

が、宗次は動じない。相変わらず一言も発しなかった。

竹林に踏み込んだ奴がとうとう反対側の階段口に出て、宗次が前後を挟まれたかたちとなる。

宗次がようやく体を横に開いて、左右の視野へ二人の浪人を収めた。

そして息を深く吸い込み……止めた。

刺客……そう、まぎれもなく刺客と呼ぶべきであろう二人が抜刀し、月明りを吸った刃二本が燻し銀のような凄みある艶を放つ。

宗次が左右の視野に刺客二人を捉えつつ、そろりと腰を沈めた。

視線は正面——竹林——に向けられ、両掌は地面に対し八を書くかたちを見せている。

刺客二人が、申し合わせたように正眼に身構えて、竹の落葉を踏み鳴らし間合を詰め出した。

宗次の右脚が弧を描くかたちで下がり、左手が拳をつくって関節が鈍く軋む。

刺客二人の切っ先が、宗次の両体側に一間ほどのところで止まった。

（かなりの手練……）と、宗次は捉えた。切っ先二つは僅かな震えも揺れも見せず、綺麗にピタリと静止している。

月明りの下の刺客の顔は、一人は四十前後くらい、もう一人は三十を出たあたりかと思われた。共に凶悪面ではない。とくに若い方は、どこかひ弱にさえ感じる印象だった。

「気の毒だが……命は貰った」

年長の方が落ち着いた、渋い声を出した。声を出したが身構えた切っ先は全くぶれない。

「そう簡単に命を取られてたまるけえ。他人様の命が欲しいんなら、理由を言いなせえ」と、宗次も穏やかな声を返した。

「目ざわりだ……と言ってなさる」

「言ってなさる、だと。へっ、その〝言ってなさる御人〟の指示で、私を殺そうってかえ」

「そういうことだ」

「覆面で面を隠さずに現われたってえことは、殺しの腕には余程に自信たっぷりでござんすね」

「お前ごときなんぞ、指先で潰せるわ。ましてや丸腰だ」

「丸腰の者を平気で斬れると仰るかえ。となると、瀬戸物問屋の老舗で知られた室邦屋への凄惨を極めた押し込み。あの酷い殺しをやりやがったのは、お前たちだな」

「……」

「おや、だんまりですかえ。だんまりは室邦屋への押し込みの下手人だってえ事を白状したと同じでござんすよ殺し屋さん」

宗次の言葉が、皆まで終るか終らぬ内の一瞬を捉えて、刺客二人が滑り込むようにして打ち込んだ。無言のままだ。

二人の足元で竹の落葉が腰高まで舞い上がるほど、それは閃光のような打ち込みだった。裂かれた夜気が、ヒュッと笛のように甲高く泣く。

凶刃二本の内一本の切っ先が宗次の左肩を音立てて抉りあげ、もう一本が右頰から左頰へと貫いた。

左肩を失い、顔面を潰された宗次が、血しぶきを撒き散らし、もんどり打って倒れる。

この竹林にもし目撃者の存在があったなら、三人の激闘は間違いなくそのように見えたことだろう。それほど攻撃者の動きは、まるで光のように鋭く美しかった。

だが、信じられないような展開が生じていた。

宗次の体が、左側から襲い掛かってくる刃に対し、自分から胸を刺し貫かれるかのようにぶつかっていく。

そのため右側から凄まじい勢いで迫っていた刃が目標を失って宙を泳ぎ、その切っ先が平衡を失った。

この時にはもう、宗次の肉体は深く沈みつつ、左側の相手の刃の下から一気に懐深くへ入っていた。

相手は慌てた。全く読み切れていなかった丸腰の宗次の動き。

一足飛びに後方へ逃れようとした刹那、既にそ奴の利き腕は肘を逆向きに宗次の肩に乗せていた。いや、乗せられていた、と言うべきか。

そ奴の両足が、地から浮き上がる。

「そうはさせじ」と、そ奴が両脚をばたつかせるよりも速く、その大柄な肉体が宗次の頭上で大車輪を描いた。

ボキリと骨が折れる不気味な音を立てた、そ奴の〝逆くの字〟に曲がった肘。

「ぎゃっ」という悲鳴をあげる間もなく、そ奴は撥棒で殴られた大太鼓のような唸りを発して地面に叩きつけられた。

二度も大きく弾んで、竹の落葉が地から宙高くへと舞い上がる。

揚真流組手術（格闘術）の最高奥義「炎の鳥」であった。

残った若い方の刺客は、刀を正眼に構えたまま、茫然たる表情を月下に晒した。全く見えていなかったのである。宗次の投げ業が。

慌てふためいて飛び立った小鳥の群れのような竹の落葉が、月明りの中をひらひらと宗次の肩や頭に舞い戻ってゆく。

　正眼に身構えたまま全身を硬くした刺客は、そう呟いたが殆ど声になっていなかった。

（なんだ……今のは）

　そいつが更に驚愕したのは、いつの間に奪い取ったのか宗次の右手に、仲間の見覚えのある脇差——白柄の——があったことである。その脇差を失った仲間は、宗次の足元近くに沈んで微動もしない。

「お前さんの正眼の構え、相当なもんでござんすね。刃を微妙に右倒しとしたその特徴ある構えは、銘神一刀流斬り返し正眼、でござんしょ。が、泣いてらっしゃいましょうよ。銘神一刀流の開祖、亡き神矢文二郎先生は黄泉の国でよう」

　己れの剣法流派と開祖の名を宗次に告げられ、綺麗な「斬り返し正眼」の構えを見せているそいつは、狼狽したのか切っ先をはっきりと乱した。

「まだやるかえ」

「き、貴様……」

「貴様、じゃねえやな。まだやるかえ、って訊いてんだ」

「……」

「もしや私を消さねえことには、お前さん自身が、ひでえ目に遭うことになっているのかい？」

「……」

「黙ってちゃあ判んねえや。じゃあ、こうしやせんか、ご浪人さんよ。私を消せ、とお前さんに指示した怖い野郎の名と住居を教えてくんねえ。そしたら、お前さんが今から江戸を離れようが大川へザブンと身投げしようが、見て見ぬ振りを約束しまさあ」

「町人の分際で貴様、武士を愚弄するか」

「武士？……誰が武士でござんすか」

「おのれっ」

銘神一刀流のそいつは足元の竹の落葉を蹴散らすかのようにして、宗次との間を詰めた。

だが、斬り込む間合を得るための気迫は、すでに失っていた。切っ先も大乱れだ。

揚真流組手術の最高奥義「炎の鳥」。全くと言っていいほど己れの目に見えなかったその大業が、刺客の牙をへし折っていた。

誰よりもそのことをいたく感じ取っているのは、刺客自身の筈である。

「うぬぬぬ……」と、そいつは歯を嚙み鳴らした。

それでも足先を踏み出そうとする。

「おうっと、もう止しにしなせえ」

宗次は「炎の鳥」を放った瞬間宙に浮いた刺客の腰より奪っていた脇差を、ポイと相手の足元に投げ捨てると言葉を続けた。

「室邦屋に押し入ったのは、お前さんたちであろうことは、ほぼ間違えねえようだな。役人に捕まりゃあ打ち首獄門だ。覚悟しときねえよ」

「……」

「今はよ、他人様への嫌がらせ一つに対してさえも厳罰が下される時代だあな。ましてや押し込み虐殺となりゃあ、首を落とされたお前さんの体は寄ってたかって八つ裂きにされるだろうぜい」

すると、相手はいきなり踵を返し、焼き鳥屋「鳥清」方向への石組み階段を駈け下りていった。逃げるようにして。

宗次は小さく舌を打ち鳴らしたが、追わなかった。

まともに大業「炎の鳥」をくらった刺客は、利き腕だけでなく首をも背側へ〝くの字〟に深く折り曲げて、微動だにしない。

宗次はそいつの手首に触れて脈が無いことを確かめ、着ているものの袂や懐を調べたが、素姓につながるものは何一つ見つからなかった。

「そろそろ平造親分に、これ迄のことを耳打ちしなきゃあな……明日にでも」

呟いた宗次は、息絶えた刺客を人目に触れぬよう竹林の中にまで引きずり込み、先ほど上がってきた石組み階段を下りて、向福寺へと足を戻した。

ともかく信念和尚に、刺客の骸の処置を依頼してから、明日の午後からでも平造親分と会うつもりであった。

だが、平造親分にこれ迄の経緯を耳打ちするにしても、室邦屋へ押し込んだ一味の中に「勝村勇之助にウリ二つの野郎が……」と口にするには、まだ早い、と思った。老いた母親にこの上もなく優しい勝村勇之助と、老いてもなお屹然たる姿勢を失っていない老母多代の二人に、どのような迷惑・疑いが及ぶか知れないからだ。

（出来すぎた光景に見えなくもないあの親子の穏やかな生活だけは、まあ、守ってやらなきゃあならねえなあ）

改めて自分にそう言い聞かせる、宗次であった。

二十一

「うんうん判りましたよ。宗次殿のことじゃ、それなりの理由があったのじゃろう。お役人へのあれこれは宗次殿に一任するとして、その骸のことはこの信念が引き受けましょう。安心しなさるがよい」

信念和尚の有り難い言葉を得て向福寺を出た宗次は、八軒長屋へと足を向けた。

腹はかなり空いていた。

（下らねえ野郎が現われなきゃあ、今頃は焼き鳥と旨え酒で腹を満たしていたのによ……）

胸の内で呟き、今頃になって本気の怒りがこみ上げてくる宗次だった。

また月が隠れ小雨が降り出した。宗次は首をすくめ、大名屋敷の間を縫っている近道を選んで急いだ。

勝手知ったる屋敷小路（やしきこうじ）ではあったが、月が隠れ小雨が降り出した近道は漆黒（しっこく）の闇だ。それこそ一寸先も見えない。決して大袈裟（おおげさ）ではなく、月の無い江戸の夜の、これが大闇（おおやみ）と呼ばれている〝名物〟であった。諸藩の屋敷の辻に設けられていることが多い辻番所（つじばんしょ）も、室邦屋事件のような凶悪事件が生じると、明りを消し不在となる場合が少なくない。

辻番所の管理を面倒がる諸藩が、安い手間賃で町人それも年老いた者や、ろくでもない遊び人などを雇い、管理を任せる傾向が広がっているからだ。

したがって凶悪な押し込み虐殺事件や辻斬り事件が近場で生じると、「ああ怖（こえ）え。命を張ってまでやってられるけい」ってなもんで、辻番所は治安のための目的を忘れて明りを消しひっそりと静まりかえってしまう。

肩や背中を湿（しめ）らせてようやく鎌倉河岸に出て右へ折れた宗次の口から、「ありがてえ」という呟きが漏れた。

居酒屋「しのぶ」の店先に出て、軒から下がった赤提灯を片付けようとしている女将美代の姿が向こうに小さく見えている。「しのぶ」はどうやら一日を終えるようだった。

宗次は小駈けになった。

真っ暗な中を誰と判らぬ足音が近付いてくると気付いて、薄気味悪くなったのか女将美代は赤提灯をそのままに、店の中へ姿を消した。

宗次が「しのぶ」の間近まで来たとき、美代に代わって亭主の角之一が姿を現わした。長目の擂り粉木を右手に持っていて、その棒の先から潰し切れなかった自然薯（山芋）のスジが二すじばかりぶら下がって揺れている。

「なんでい。また宗次先生の訪れじゃあねえかい」

「もう店じまいかえ角さん」

「先生なら店じまいはねえよ。入んねえ。客は皆帰ったから」

「いいのかい」

「すっかり雨に濡れてるじゃねえかい。とにかく入んねえ。いいからよ」

「すまねえな」

「美代が、変な足音が駈け近付いてくるって言うんでよ……」

角之一は擂り粉木を見て笑いながら、店の中へ入っていった。

背丈のある宗次がその後についてまだ掛かったままの暖簾を潜ると、調理場の中でこちらを見てきまり悪そうに笑っている美代の姿が、角之一の肩ごしに見えた。

「やだねえ、宗次先生だったのう。びっくりしたよう」

「悪い悪い。なんでもいいから食べさせてくんねえか。空きっ腹なんだ」

と言いつつ、宗次は調理場と向き合った席に腰を落ち着けた。

「あいよ。熱いの、一本付けるかえ」

「頼む。それにしても今夜の店じまいはひどく遅いねえ」

「飯田様と平造親分と三人で来てくれた時にさ、ようく見てくれたでしょう」

「ああ見た見た。飯田様や親分の話しなさる事が殆ど聞き取れなかったほど、大騒ぎの大繁盛だったたい。ちょいとばかり客が入り過ぎじゃあねえのかい角さん」

宗次は擂り粉木を手に調理場の中へ戻った角之一と目を合わせた。

「かと言って、来てくれるな、とは言えやしないからねえ」と角之一は苦笑した。

「まあな……」

「今夜も酔い潰れて最後までいた六、七人をなだめなだめて追い出す時に、とうとう角之一と摑み合いの喧嘩になってさあ」と、美代がこれも苦笑する。

「おいおい大丈夫かえ角さん」

宗次は小皿に烏賊の味噌煮を盛り付けはじめた角之一の横顔を見た。なるほど、大きくはないが頰にツメによる引っ掻き傷らしいのが、二、三本走っている。

「なあに。この飲み食い商売にゃあ、客との口論や揉め事は付きものだい」

角之一はそう言うと、烏賊の味噌煮を盛り付けた小皿を、宗次の目の前に置いた。

宗次が腰を落ち着けた調理場の間口と向き合うた席は、幅が一尺半ほどの長い板が調理場の間口の端から端まで渡された席（今でいうカウンター）で、尻を下ろすための醤油樽がひっくり返されて五つ六つ、日によっては七つ八つ並んでいる。客たちはこの席のことを「調理場席」だの、角之一と美代を指して「夫婦席」だのと好き勝手に呼んでいた。

「まだ行方が判んないのかい、あの女……」

美代が眉間に皺を刻みながら、燗をした二合徳利とぐい飲み盃を烏賊の味噌煮の横に置いた。コトリ、トンと二つの小さな音。

美代の問いに宗次は黙って頷いた。

「他人にさんざ世話になっておいて行方をくらますなんざ、まともな女のするこっちゃねえやな」

角之一が小声だが、胸糞が悪そうな口調で言った。

「本当だよう。絵仕事で毎日目がまわるほど忙しい宗次先生に、輪を掛けるようにして心配を増やすなんてさあ……」

「全くだい……それにしても……今夜は、やけに長い夜だったなあ」

と呟いた角之一は、そのあと「ふんっ」と鼻の先を鳴らした。黙って消えた女が、余程に不満なのだろう。

「あの女にゃあ、きっと俺たちにゃあ判らねえ大きな事情ってのがあるんだろうよ。大きな事情ってのが……」

宗次は物静かに漏らして、ぐい飲み盃に酒を満たし口許へ持っていった。

聞いて角之一と美代が顔を見合わせる。

「本当にさあ、宗次先生ってのは一体どこまで女に優しいんだか……女の私がイライラする程に優しいんだから困っちゃうのよ」

「何もお前がイライラして困ることなんか、ねえじゃないか」

「私だけじゃないよ。八軒長屋の女房たちもみな、困ってるよう」

「へん。亭主を見飽きた女房どもがギャアギャアうるさく騒ぎ過ぎるんじゃねえやな。迷惑するのは宗次先生だってえ事が判んねえのか。先生は舞台役者じゃねえんだよう」

「あら、やだ。お前さん嫉妬を焼いてるねえ。あ、やだ」

この時にはもう、角之一と美代の戯合いは宗次の耳へは入っていなかった。

竹林で立ち向かってきた刺客二人。本当はその内の一人でも無傷で捕えたかった宗次である。

（さすれば室邦屋事件の下手人一味の真の姿が見えてきたに違いねえと思うんだが……）

と思いつつ、宗次は小さく首を横に振って、酒をチビリと口に含んだ。

無傷で捕えるには、刺客の二人は相当に高度な修練を積んだ剣客（けんかく）であったこと。宗次にはそれがよく判っていた。ましてや自分は丸腰である。

「息の根を止める」という意思を固めての対決なら丸腰でも難（むつか）しい相手ではなかったが、無傷で捕えるには自分の体にも相当な傷がつく覚悟がいる、と読めていた。

（さあてと……平造親分には明日、何をどの辺りまで打ち明けるか……）

宗次は、また小さく首を横に振って、酒をチビリと舐（な）めた。

脳裏に、出来すぎた親子関係に見える勝村勇之助と老母多代の顔が、浮かんだり消えたりしていた。

「母親かあ……」と、呟きにもならない微かな声を漏らす宗次であった。

宗次は生みの母の情愛というものを全く知らなかった。

育ての母、などというのも記憶にない。体の隅隅（すみずみ）にしみ込んでいるのは総合格闘武術揚真流を極めるための厳しい鍛錬また鍛錬であった。

（自分の今日に至るまでの未知の部分を、ひとつ遡って旅でもしてみるかあ。さすれば知らなかった深い闇の向こうが見えてくるかも知れねえなあ……が、暫くは忙し過ぎて無理だわ）

数奇な運命を背負ってきた自分、と承知している宗次は、「自分の過去を遡って旅してみる」という思いも寄らぬ考えに突き当たって、胸の内をやわらかく騒がせた。

「どしたんだえ。考えごと？」

美代が調理場から身を乗り出すようにして、宗次に顔を近付けた。

「あ、いや。空きっ腹に旨い酒が余りしみ込んでな……」

「しっかりお食べよ。このところ何だかんだが宗次先生に集中して疲れているみたいだからさあ。いまネギ混ぜの玉子焼きをつくったげる」と、美代の顔が宗次から離れる。

「お、いいねえ」

「チヨさん（屋根葺き職人久平の女房）のようにはいかないけどね。とにかくあの人のネギ混ぜ玉子焼きには感心するんだけど、自分流を大事に隠してなかなか教えてくんないのさ」

「確かにチヨさんのネギ混ぜは旨え。たぶん何かを煮つめた出し汁をチヨさんの勘分量で玉子に加えているのさ」

「うんうん、それよそれ。それを教わりたいんだけどさあ」

俎をトントンと鳴らしてネギを小刻みにしながら、美代は頷いた。

そして、ニッと意味あり気に笑った顔を宗次に向けたが、直ぐまた俎に集中した。

「チヨさん言ってたわよ。大事な人を喜ばせる私流玉子焼きは、門外不出だって……」

「へえ。門外不出の玉子焼きかあ。久平旦那は幸せ者だあねえ」

そう言って感心した宗次は、ぐい飲み盃をようやくの事たて続けに二杯飲み干し、烏賊の味噌煮に箸をつけた。

ちょっと手を休めた角之一と美代が顔を見合わせたあと、共に「やれやれ……」といった視線を宗次に向けて肩をすぼめる。

静まり返った「しのぶ」に、ほんのりと温かな雰囲気が広がった。

宗次は二合徳利をたちまち空にした。

「はいよ」と、角之一が追加の二合徳利を宗次の前に出し、続いて小鉢を徳利の横に置く。

待ち構えていたような、手際の良さだった。

「これは？」と宗次が小鉢を見た。

「うちの庭なり大根は、このところどうも育ちが悪くてよう。皮が皺深い上に、やたら硬いんだわさ。けんど皮ったって勿体ねえやな。このご時勢、捨てられたもんじゃねえ。そこでな、細く刻んで金平にしてみたんだ。ひとつ食ってみてくんねえ」

「ふうん。大根の皮の金平かあ」

宗次は箸でつまんだ大根の皮の金平を口に入れると、たちまち目を細め「ほほう……」という表情をつくった。

この時代（一六〇〇年代）すでにあった「牛蒡の金平」は、平安の時代に実在したんだぞ、などと伝えられながら人形浄瑠璃に登場した架空の猛将坂田金平のように〝強すぎるほど堅い〟ことから、いつしかそのように名付けられたらしい。いつしか、である。つまりはじめの内は、牛蒡の「笹掻き」の惣菜はあっても、金平という調理名は確立していなかったらしいのだ。

二十二

二合徳利を二本飲み干し梅茶漬を掻き込んだ宗次は「ああ、満足……ありがとよ」と醤油樽を裏返しにした席から腰を上げた。

「今夜はあんまし持ち合わせがなくてよ。これで勘弁してくんない」

宗次は空になった二合徳利の脇に小粒をパチンと音立てて置き、さっさと出口へ足を向けた。むろん、四合くらいの酒で酔っ払うような宗次ではない。足元は確かだ。

「おいおいおい宗次先生よ……」と、角之一が慌てた。

閉じられている表口の腰高障子に手をかけて、宗次が振り向く。

「足りねえかい。じゃあ明日、持ってくるよ角さん」

「冗談じゃねえやな。先生からはいつもいつも多目に貰ってんで、私も家内も弱り切ってんだ。烏賊の味噌煮も玉子焼きも梅茶漬も今夜の終い料理でえ。大根の皮の金平はお試しの一品に過ぎねえよ。そんな片付け料理に小粒を貰ってたまるけえ。間尺に合わねえよ先生」

「いいじゃねえかい。そんな間尺ならよ」と、宗次は笑って店の外に出た。

腰高障子が静かに閉まってトンと鳴り、角之一の表情が「あーあー……」とべそをかいた。

「仕方がないよ、お前さん。預かっときなって」と美代が微笑んだ。

「預かっときなって、お前。宗次先生からは今日までの間に、もう一部屋建て増しが出来るほど飲み代を貰ってんだ。幾ら何でも困るぜい」

「先生は絵仕事で忙しい体だし、それによく色色な騒ぎに巻き込まれなさる。独り身だから、あれこれそっと気遣ってあげたり、目立たぬよう優しく接してあげたら、いいじゃないかえ。身内のように温かくさあ」

「お、おう。それはその通りだけどよう……けど、お前……あんまし気を遣い過ぎたり、優しく接し過ぎたりするんじゃねえぞ。限度ってえもんを忘れちゃあなんねえ」

「ふふふっ。馬鹿だねえ、お前さん。あたしゃあ宗次先生が大好きだけど、死んで灰になっても角之一に添い遂げる女房だよ」

「お、おう……」

「八軒長屋の女房さんたちも皆そうさ。心配しなくったっていいよ、お前さん。まかり間違っても先生との間にイロハニホヘトなんてえ熱い事は起きやしないからさ。うふふっ」

「お、おう……」と、角之一の目尻が下がった。

すぐ近くの八軒長屋の前まで戻った宗次が、足を止め腕組をして夜空を仰ぎ考え込む様子を見せた。小雨はすっかり止み、かすんだ空の向こうに薄気味悪い赤い月がぼんやりと出ている。

「も一度寄ってみるか……」

呟いて宗次は、八軒長屋の前から離れた。そして、ぐるりと大回りして反対側に出ると、勝村勇之助母子が住む猫長屋の前で息を殺した。己れの気配を消すためだ。

この刻限、行灯を点す余裕のない家は真っ暗だった。眠るか、子沢山になるのを恐れつつ女房と肌を合わせる他やることがない。

宗次は猫長屋へと入ってゆき、溝板を踏み鳴らさぬよう用心しながら、勝村勇之助の住居へと近付いていった。

表口の腰高障子で、行灯の薄明りが心細気に揺れている。

先日と同じように宗次は、表口脇の小窓へそろりと顔を近付けた。

なんと、息はまだ殺したままだ。

格子の隙間から薄暗い家の中が見えた。勇之助の老母多代が小行灯の明りのそばへ寄り、目が充分に見えない筈なのに手さぐり状態で足袋のほころびを縫っている。足袋の大きさから、勇之助のものと思われた。

またしても母の子に対する愛情の深さを見せつけられた宗次であった。胸に痛みが走った。ちょっと腹立たしさも覚えた。

だが、狭い室内に勝村勇之助の姿はなかった。格子窓の隙間からとはいえ、一目で部屋の隅から隅までが見渡せる。いや、見渡せる、という言葉があてはまらぬほど、猫の額ほどの住居なのだ。

（この刻限なのに……手習塾の先生がまだ帰っていねえとはな）

宗次はちょっと首をひねると、静かに呼吸をはじめ、格子窓から離れた。

宗次は勇之助の住居から間近な、井戸櫓の陰に体を沈めた。

と、宗次が思わずヒヤリとするほど、ごく僅かな差で、小柄な人影が猫長屋に入ってきた。

井戸櫓の陰から片目を出していた宗次には、勝村勇之助とすぐに判った。

勇之助は右手に何かをぶら下げていた。菓子折を思わせる大きさだ。

「ただいま戻りました母上」と声を掛けながら家の中へ入ってゆく勇之助を、宗次は井戸櫓の陰から片目で見守った。

「おかえりなさい。ご苦労様でしたね」と、老いた母親の物静かな声が返る。

表障子が閉まって、用心棒を突っ支えているらしいカタカタという音がした。

宗次は再び呼吸を止め、五体から力を脱き切ってからそろりと格子窓に近付いた。

「疲れていないかえ。二部制になった塾を終えてから、品川あたりまで行かせてしもうて本当にすまないねえ。許しておくれ勇之助」

「母上のためなら辛くも何ともありませぬよ。竹田創晏先生が新しい塗り薬を調合して下さいました。母上の脚の痛みのために、先生は色色と研究して下さっております」

「竹田創晏先生はいつもお優しいねえ。此度はきちんとお支払いを済ませてきましたね。前回の分と合わせて」

「それが、先生はお受け取りにならないのです。このたびの新しい塗り薬がはっきりと効果をあらわしてから頂戴しても一向に遅くはない、と微笑まれるばかりで」

「まあ、なんと恐れおおいこと。前回の塗り薬の御代も滞っているというのに」

「心配なさらないで下さい母上。竹田創晏先生には私が必ずきちんと、お支払いを済ませますから」

「先生のご恩を決して忘れてはなりませぬよ」

「もちろんです。さ、母上、さっそく脚に塗らせて下さい。新しい塗り薬は、脚の皮膚や筋を揉みほぐすようにして擦り込まねばなりませぬ。先生から要領を教わって参りましたから、私が致しましょう」

「この母が生き存えると、そなたに苦労を掛けるばかりじゃなあ。そろそろ一思いに自分で自分を終らせぬと、そなたの仕合せはいつ迄も訪れぬ」

「またそれですか。母上が長命であることが、この勇之助の満足なのです。さ、横におなり下さい。新橋の京花堂で饅頭を買って参りましたから、薬を塗り終えたなら茶を楽しみましょう」

「おやまあ、京花堂のねえ」

「母上の好物でありましたね。さ、これが京花堂の菓子折です。手に取って下され。包み紙に描かれている桜と鶯の絵、少しは見えましょうか」

「ぼんやりと……だがねえ」

宗次は母子の話が漏れ聞こえる格子窓から、そろりと離れながら呼吸を戻した。

(すまねえ勝村先生、もう来やしません。母上様を大切になさっておくんなさいやし)

それは宗次の、勝村勇之助母子に対する詫びの思いであった。勇之助に対する針の先ほどの疑いの気持。それがなかったとは言い切れぬことに、宗次は気付いていた。

宗次は（勝村勇之助がうらやましい……）という気持に見舞われながら、八軒長屋へ戻り出した。

自分の今日に至る迄の未知の部分を遡ってみたい……という思いが強くなっていた。一段と。

宗次にとっての未知の部分。それは生みの母を指していることに、他ならない。なぜか実の父については、宗次は殆ど関心がなかった。師であり養父である大剣聖梁伊対馬守隆房の存在が、余りにも大き過ぎたせいもある。たとえ実の父が雄藩の太守であっても人間として、対馬守の足元にも及びはしない、という思いが強かった。

宗次はどの部屋も暗く静まり返っている八軒長屋へと入っていった。夜空の月は一層赤みを増して不気味だ。

自分の住居の前に立った宗次は、表口の障子に手を触れた。小行灯を点してわが家を出た宗次であったが、すでに明りは消えている。

表障子を開けて土間に一歩入った宗次は、そこで体の動きを止めた。

室内は真っ暗である。不気味な赤い月の明りなど、何の役にも立っていなかった。表障子など赤く染まりさえもしていない。

宗次はその表障子をゆっくりと閉じた。鍛え抜かれた体が、自分以外の気配を捉えていた。全身の肌で捉えていた。手の甲、首すじなどは痛いほど感じている。

「帰って来ていなすったか。そうだね、そこの女……」

宗次は声の調子を抑えて、やわらかに優しく言った。

「申し訳ございません」と、蚊の鳴くような声が返ってきた。

「待っていなせえ。いま明りを点しやしょう」

闇中での修行をも重要視する揚真流は、こういう場合でも宗次を助ける。ましてや勝手知ったる我が家だ。

たちまち大行灯が点された明りの中に、「そこの女」は納戸の前でうなだれ小さくなって座っていた。宗次が、まだ名も訊かぬうちにこの八軒長屋から出ていった女だ。貧しい身形はむろん変わってはいなかったが、この部屋に担ぎ込まれた時のやつれ切った面立ちは、かなり生気を取り戻しているかに見えた。

宗次が女と向き合って座ると、女は額が床板に触れるほど深深と頭を下げた。綺麗に整った様であった。

「冬と申します」

女は「春夏秋冬の冬」と字をも告げ終えてから、そっと面を上げた。目に涙を滲ませている。

「お冬さん……ですかえ」

「はい」

「武家のご妻女と見やしたが、違いますかえ」

「…………」

「ま、いいやな。体の具合は？」

「おかげ様にて体に少し力が戻りました。本当に御礼の申し上げようもございませぬ」

と、女はもう一度、丁寧に頭を下げた。

「気楽に構えなせいお冬さん。話し言葉も、ざっくばらんにしなせい。そうでないと、武家の妻女だろうと、すぐに判っちまいやすぜ」

「はい。気を付けるように致します」

「もう少し、砕けた方がいいやな。そうだ。面倒を見てくれた筋向かいのチヨさんを知ってやしょう。あの調子に近付けなせえ」

と、宗次が明るい笑顔をつくると、冬も口許を綻ばせてこっくりと頷いた。

「腹は空いていやせんかい」

「こちらへ戻る途中の堀割沿いで、屋台ソバを食べました。悪いこと、申し訳ないことと思いましたが小銭を少しばかり……どうかお許し下さい」

と、冬の涙を浮かべた目がチラリと箪笥に流れたので、宗次は自分の顔の前で手を横に振って見せた。

「小銭のことなんぞ、どうでもいいやな。それよりも、お冬さん。どうやら東晃寺へ行く積もりのようでござんすね。御利益高いことで知られた王子飛鳥山下のよ」

「は、はい……」

「居酒屋『しのぶ』の女将から、東晃寺さんへ行きたいらしい、と聞いて少し驚いたんだが、顔に生気が戻ったとはいえ、その体じゃあ、あと二、三日は無理は止した方がいい。ましてや今宵の雨模様じゃあ無理をして行こうたって出来っこなかったでしょうに。一体(いってえ)こんなに夜遅くまで、女身一つで何処を歩き回ってなすったたい」

「………」

「ま、言いたくなきゃあ、それでもよござんすが」

「あの……あの、東晃寺さんへは、駕籠で往き、駕籠で戻ってくるつもりでおります」

「駕籠で？……」

王子飛鳥山下までは、それなりに距離がある。ソバ代程度を宗次の箪笥から黙って拝借した女に、駕籠代の持ち合わせが無いことは、訊かずとも判ることであった。

「駕籠なら、まあ付き添いがおれば明日にでも発(た)って戻ってくることは出来やしょうが」

「その駕籠代を……」

「ん？　あ、駕籠代くらい私が用立ててあげやしょう。心配いりやせん」

「いいえ、その駕籠代を……」

「どうしなすったい？」

「お許し下さい。どうか蔑み下さい」

宗次を見て床に両手をついた冬の両の目から、大粒の涙がぽろぽろとこぼれ落ちた。

「何のこってえ。詳しくはっきりと言ってくんねえ、お冬さん」

「その駕籠代を得るために……冬はお江戸の闇夜で身を……身を鬻いできました」

「な、なにいっ」

聞いて思わず片膝立てた宗次の胸を、大衝撃が貫いた。考えも予想もしていなかった、あんまりな冬の告白であった。わが耳を疑った。

冬が自分の両手の上に突っ伏して、肩を激しく震わせ声もなく泣いた。

「なんてえこった い……」と、宗次は下唇を嚙みながら、立てた片膝をがっくりと戻した。次の言葉が、出したくとも出てこなかった。

長く重苦しい沈黙が二人を包んだ。さすがの宗次も、茫然たる自分から容易に脱け出せなかった。そして感じた。居酒屋「しのぶ」の角之一が言ったように、あまりにも長い夜であり過ぎることを。

「それ程までして、東晃寺へ行きたかったのかえ。それ程までして……」

どれくらいが経ったであろうか、宗次の方から沈黙を破った。重い口調だった。

床に突っ伏していた体を辛そうにゆっくりと起こした冬の目からは、大粒の涙がまだ跡切れてはいなかった。

「はい。何としても行かねばなりません。たとえ我が身が白骨と化しても」

「身を鬻ぐという大変な苦痛を私に打ち明けたんだ。なら、東晃寺へどうしても行かねばならねえ事情ってのを、話してくんねえ。いや、聞かせて貰わねばならねえ」

「………」

「先日、家族がいる、と確か私に漏らしやしたね」

「はい。あ、いえ、正しくは、いた、と申すべきでありましょうか。言葉足らずでございました」

「さきほど、町人らしくしなせえ、などと下らねえ事をお冬さんに押しつけてしまったが、あれは取り消しやしょう。申し訳ねえ。言葉も立ち居振る舞いも自然のままのお冬さんで結構だい。さ、この浮世絵師宗次を信頼して、心の内を覗かせてくんねえ」

「宗次様が天才的な浮世絵師であられ、多くの大名や大身旗本家にまで自由な出入りを許されておられることは、筋向かいのチヨさんから伺いました。私、そうと聞いたとき大変驚いたのでございます」

「驚いた?……」

「宗次様のお名前が尾張藩まで知られていたからでございます。江戸には、百年に一度出るか出ないかの天才的な素晴らしい浮世絵師がいると……」

「尾張藩」という冬の言葉が再び強烈な衝撃となって、宗次の胸を貫いていた。

「つまり何ですかい。お冬さんは尾張の御人ですかい」

「左様でございます。夫は尾張藩御納戸役・記帳改下役三十俵二人扶持の軽輩でございました。名を岸内四六助と申し、それは誠実な大人しくて優しい人柄でございました。貧しい生活でしたけれども、私の毎日は仕合せでした」

「やはりお冬さんは、武家のご妻女でありやしたかい。で、いま〝ございました〟という言い方を二度も用いやしたね」

「はい。夫はもう、この世の人ではありませぬから」

「病で？」

「いいえ、闇討同様に斬り殺されたのでございます」

「なんと……」

　宗次の目が、光った。

「もしやお冬さん、その下手人を追って尾張を発ち、この江戸へ来なすったのでは？」

「その通りでございます。下手人は夫の上役でありました記帳改方小頭で八十七俵二人扶持だった半東竜之介と判明してございます。半東は私が岸内四六助に嫁ぐ前より、異常なほどしつっこく私に付き纏い、四六助の妻となりましてからも、その異常さを一向に改めようとは致しませんでした」

「うむ。この大江戸でも似たような話は武家、町人の社会を問わず、よく耳に致しやすが……」

「やがて私は四六助の子を身籠りましたが、身重の私の体を心配した四六助がとうとうたまりかねて、ある夜、半東竜之介の住居へ単身抗議に出向いたのでございます」

「それで命を落とされやしたか……」

「はい。その帰り道と思われますけれど、私の安産を祈るために立ち寄ったのでありましょう。半東竜之介の住居のほど近くにございます子授八幡様の境内で、めった斬りにされて……」

「下手人は半東竜之介に間違いござんせんか。争いの場をしっかりと見た者はいるのですかい」

「いいえ。でも半東は、その夜の内に誰に告げるでもなく、まるで逃げるように脱藩してございます。下手人はあの男に違いありませぬ。絶対に……」

「それでおなかの子供は？……」

「受けた私の悲しみは余りに大きく、身籠った子供はこの世を見ることなく流れてしまいました。藩は三十俵二人扶持の軽輩者とその家族を襲った悲劇に対しては冷淡なものでございました。私の再三の訴えに対しても全く耳を貸して下さろうとはなさらず……」

「ひょっとして……仇討の御赦免状すら下りなかった……のではありませんかい」

「はい。暗くて手狭な軽輩長屋には、一年を限りに住み続けてよし、との沙汰はありましたけれど」

「問題は、半東竜之介がこの江戸にいるのかどうか、でござんすが」

「生前の夫と大層仲が良かった同輩で本澤得次郎様と申される藩江戸上屋敷詰めの方がおられまして、その本澤様から、半東らしき浪人態を見かけた、との書状が私宛に届きました」

「なるほど、では明日にでもその本澤様とやらを、藩上屋敷へ一緒に訪ねてみやしょう。もし門前払いを食らわされたなら、私に一つ二つ考えもございやすから」

「いいえ、その本澤得次郎様ですけれど、私が尾張を発つ直前、神田川とかいう川に斬殺死体で浮いていた、という悲報が届きました」

「なんですってい」と、宗次の表情が止まった。

冬の言葉が続いた。もの悲しい響きのまま続いた。

「悲報が届いたのは私宛ではありませぬ。本澤得次郎様の住居は、私の住居より東へ五軒隣。その留守宅を一人で守っていなさいました六十に近い気丈な母上様の元へ齎されました」

「下手人は矢張り半東竜之介と思われやすかい？」

「判りませぬ。が、江戸の町筋で見かけた竜之介を、本澤様が尾行したかも知れぬことは充分に考えられましょう」

「そして、その尾行に竜之介が気付いた……」

「は、はい」

「竜之介は剣術は出来るのですかい」

「たかだか八十七俵二人扶持の半東竜之介とは申せ、剣術にかけては尾張柳生新陰流道場で屈指の腕前だった、と聞いております。身分が低かったせいか決して柳生の高弟という訳ではなかったようですけれど、四本の指に入る程の手練であったとか」

「それは凄い……当然いまは破門の身だろうが、尾張柳生の四本指に入る程の手練であるとは……」

「本澤得次郎様の母上様もお気の毒でございました。悲報が齎されたその日の夜、母上様は自害なされました。ひっそりと、お一人で」

「耳を覆いたくなる話でござんすね。やりきれねえ」

「私は、なんとしても竜之介を討たねばならぬと、尾張を発ちました。宗次様に何もかも正直に申し上げます。三十俵二人扶持の軽輩者の妻である私には、江戸へ向けた仇討旅の路銀の工面など出来ようもありませぬ。ですから……私は……私は……」

そこまで言った冬は、再び突っ伏して激しく背中を波打たせ始めた。

宗次は向き合って正座していた自分の膝頭を、突っ伏している冬の頭に触れるほど近付けると、彼女の体を自分の膝の上まで静かに引き上げてやった。

冬は、宗次の脚にしがみつき、声を押し殺して泣き続けた。

「泣きなせえ。思い切り泣きなさるがいい」

宗次の手が、薄幸の冬の背を幾度も幾度も撫でさする。まるで幼い子に対するように。

冬が亡き夫に心から詫び、そして祈りつつ、東海道の宿場宿場で旅人相手に身を鬻ぎながらようやくのこと江戸へ辿り着いたことを、宗次は今悟ったのであった。

「お冬さん……お前さんの神仏にも勝る執念を、この宗次は決して無駄にはしねえ。安心しなせえ」

呟くように告げた宗次の双眸が、ギラリと凄みを放った。

待ち構えるは、今は破門されているであろうが尾張柳生新陰流道場の事実上の四天王の一人。

身分が低い、という点をもし取り去れば、筆頭高弟としての実力の持ち主であったことも考えられる。かつてない強敵だ。

急がれるのは、本澤得次郎まで殺害したかも知れないそ奴が、この大江戸の何処に住居を得ているかを、突き止めることだ。

冬の嗚咽が少しずつ鎮まってゆく。

しかし宗次の脚にしがみついていたその両手は逆に、力を増していた。離してはならぬかのように。

よほど心細い毎日だったのであろう。よほどに辛い毎日だったのであろう。何度も自害を考えたことであろう。が、耐え抜いて耐え抜いて辿り着いたのだ。揚真流の最高奥義に到達している浮世絵師宗次という恐るべき男の、温かな膝に。

二十三

翌朝。

宗次は雀の囀りで目を覚ました。

昨夜は遅くまで冬と話し合った。重要な一点を除いては。

その一点については今朝にでも、少しは気持を落ち着かせたであろう冬からいる。

小さな庭に降り注ぐ朝陽が、障子を通して宗次の寝床にまで差し込んでいる。

障子に庭にある一本の柿の木と、枝にとまっている二羽の雀が黒い影となって映っていた。

どうやら今日は快晴のようだ。

宗次は寝床の上に体を起こした。

深夜まで話し合ったから冬はまだ眠っているのであろうか。納戸からはコトリとした音も伝わってこない。

宗次は立ち上がり、庭との間を仕切っている障子を、そろりと音立てぬように開けた。

驚いた二羽の雀が羽音を鳴らして柿の枝から飛び去り、朝の清涼な空気が室内に流れ込んできた。

庭に向かって大きく欠伸をしかけた宗次の表情が、このときハッとなった。

「まさか……」と呟きを漏らして、宗次は納戸に近付いた。

閉じられた襖障子に向かって「お冬さん……」と小声を掛けてみたが、応答がない。

「お冬さん……」と、もう一度試みたが同じであった。

「開けますよ」と、宗次は襖障子に手をかけ、ゆっくりと右へ引いた。

冬の姿はなかった。寝床はきちんと畳まれて納戸の隅に寄せられている。

宗次は昨夜、己れの肉体の内側に備わっている「すべての警戒」を解いて眠りに入った。冬がどのような動きをとろうとするか、ひとつ冬自身に任せてみよう、という考えが生じたからだ。

だが、いかなる深い眠りの中にあってさえ、異常な足運びの気配——たとえば忍び足など——は察知できる宗次であった。そのような不自然な足運びであればあるほど、冬がこの部屋から再び出て行こうとする気配を、見逃す筈のない宗次である。

（井戸端で顔でも洗っているのかな……）と宗次が思ったとき、表口の腰高障子の外で誰かのささやき声がした。

女二人、と判った。

宗次が自分の寝床を畳んで押し入れに収めると、それを待っていたかのように、庭先からよく太ったトラ猫がのっそりと入ってきた。

宗次が胡座を組むと、猫は当たり前のような顔つきで胡座の上にあがり、四肢を伸ばして長長と横になった。この猫には名もなければ、飼い主もいない。

「昨夜は何処で泊まったんだ。ん？」

宗次が猫の頭を撫でてやりながら語りかける。猫は知らぬ振りだ。

「本当にお世話を掛けます」

冬だと判る抑え気味の声が外でして、「いいのよ、いつもこうだから」と、これはチヨの嗄れ声。

表口の腰高障子の開く音がして、宗次の胡座の上の猫が跳ね起きざま庭へ飛び出した。

チヨが冬を従えるかたちで、土間に入ってきた。二人とも塗りの剝げた古い盆を手にしている。チヨは四角な、冬は丸い盆だった。

「お目覚めかい先生。今朝はネギ混ぜの玉子焼き、大根の漬物、豆腐の味噌汁で辛棒しておくれ。なんなら味噌汁に玉子落とそうかえ」

「とんでもねえ」と腰を上げた宗次は、「大ご馳走だい」と付け足した。

チヨは上がり框に四角い盆を置くと、「それじゃあ、お冬さん。あとは任せましたからね」と、冬の肩にそっと手をやって笑顔で出ていった。外で二人の間にどのような会話が交わされたのか、珍しく宗次と冗談を言い交わす事なく出ていったチヨだった。が、とにもかくにも、チヨは冬の名を口にしたのだから、二人の間にそれなりの会話はあったのだろう。

朝餉をのせた盆を挟んで、宗次と冬は向き合い箸を手にした。

「井戸端で水鏡に映して髪を整えておりましたら、後ろからチヨさんに声を掛けられました」

「そうかえ」と笑みを見せて頷いた宗次は、先ず大根の漬物を箸でつまんだ。

チヨは漬物名人だ。

「私はチヨさんの息子みてえなもんで、毎日のように世話ばっかり掛けちまってる」

「でも、宗次様が息子というほど、チヨさんはお年を召しておられません」

冬はそう言って、宗次にはじめて笑顔を見せた。自分の苦痛と屈辱の仇討旅を宗次に打ち明けて、ふっ切れたのであろうか。

その笑顔に触れて、宗次はようやく安堵(あんど)した。

「顎と喉、お怪我をなされたのですか」

冬が箸を持つ手を休めて、心配そうに宗次の顔を見た。

「なあに、居酒屋で酔っ払いにちょいと絡まれやしてね。たいした事はござんせん。珍しい事じゃあねえんで、私(あっし)が額から少少血を噴き出したって、チヨさんなんぞ近頃は心配もしてくんねえ。チラリと流し目なんぞしてくれりゃあ、まだましな方だい」

「まあ……」

冬が、クスリと笑って箸を動かし始めた。

「美味(おい)しゅうござんしょ。チヨさんが作ったもんは」

「本当に……」

「これだから、この貧乏長屋からは出て行かれねえ」

「私(わたくし)ははじめ、この部屋が宗次様のお住居(すまい)だとは、信じられませんでした。浮世絵師として余りにも名を知られた方(かた)でいらっしゃいましたから。でも、チヨさんや長屋の皆さん、そして居酒屋『しのぶ』の女将さんたちを知った事で、宗次様がこの長屋から出られない気持が今ではよく判ります」

「そうですかい。そう言って貰えりゃあ嬉しいね」

なごやかに二人の朝餉は進んだ。冬は終始、目を細めて心やすらいでいる風であった。

いつのまにか先程の猫が縁側に上がり込んで身じろぎもせずにきちんと座り、じっと冬を眺めている。宗次の方は一瞥すらしない。

気付いた冬が「宗次様が飼っておられるのですか」と訊ねた。

「いやなに、長屋の皆が飼っているんでござんすよ。毎夜気晴らしに一軒一軒泊まり歩いて可愛がられているもんで、あの通り滋養過剰で丸丸とね」

「名は？」

「ありやせん。気楽な奴でござんすよ」

朝餉を終えると冬は井戸端で食器を清めてチヨに返し、宗次の座っている前に戻ってきた。

宗次の膝前には、硯と筆と紙が用意されていた。

「さて、お冬さん……」

「はい」

「半東竜之介の顔の特徴を仰って下せえ。私が似顔絵を描いてゆきやす。それから東晃寺の件も、あとで詳しく聞きてえやな」

「あのう、宗次様……」

「ん？」

「似顔絵は私に描かせて下さいませぬでしょうか。口で特徴をお伝え致しますよりも、私の脳裏に強く刻まれております憎い竜之介の顔を、私自身の手で描いた方が特徴を鮮明に表わせるかも知れませぬ」

「なるほど一理あるが……お冬さんは、絵の心得がおありなさるんで？」

「幼い頃から犬猫など動物を描くのが大好きでございましたことから、両親が尾張で少し名を知られた絵の先生の所へ、十三歳の頃まで通わせてくれました」

「それはまた……」と、宗次の表情が緩んだ。思いもしなかった事であった。

「判りやした。任せやしょう。描いてみなせえ」

「そばで私に手先をじっと見つめられちゃあ、堅苦しく感じやしょう。私は猫と遊んでいやすから。さ、描きなせえ」

宗次は硯と筆と紙を冬の前へ静かに滑らせると、自分は縁側に出て冬に背を向けゴロリと横になった。

猫が宗次の足元で、くるぶしに顎をのせ、大の字に腹這いとなる。馴れ過ぎているというよりは、横柄な奴だ。長屋の者にとってはこの横柄さが、たまらなく可愛いのだろう。

紙の上を滑る筆が、サラサラと微かな音を立て出した。

「慌てることはねえ。ゆっくりと描きなせえ」

「はい」

「何度も描き直したって、よござんすから」

「はい」

宗次はそれ以上、口をはさむ事を避けた。

双眸は細く流れて目尻で鋭く吊り上がり、鼻は高くやや鷲鼻。唇は上下ともに薄く殆ど真一文字。

宗次の脳裏では、半東竜之介のその薄気味悪く憎っくき顔が、すでに出来上がっていた。

いや、出来上がっていたというよりも、昨夜冬の口から半東竜之介という名が出た途端、なぜか殆ど反射的に脳裏に浮かんでいた。なぜか。

気に入らなかったのか描き損じたのか、筆の音が止んで紙が横へ滑る気配が宗次に伝わった。

冬が溜息を漏らす。が、宗次は口を出さなかった。

しばらくして再び筆音が宗次の耳に伝わった。足元では猫が寝息を立て始めた。太っているのが原因なのか、寝息を立てるのだ、この猫は。

柿の枝に、二羽の雀が戻ってきた。春ではなかったが実にうららかに朝の刻が過ぎてゆく中で、宗次は意識は覚醒させたまま、心地よい眠りに落ち込んでいった。

絵筆の微かな音は聞き逃さない。

どれ程が経ったであろうか、「宗次様……」という控え目な冬の声で、宗次は横たえていた体を冬の方へ反転させた。

　宗次の足元から猫が顎を落とし、慌てて起き上がる。

「出来やしたかい」

「はい。自信がございます」

「憎っくき特徴を出し切れたんですねい」

「はい。しっかりと……」

「見やしょう」と宗次は上体を起こして、右手を冬の方へ差し出した。

　冬が宗次のそばまで寄って、憎き男の顔を描き切った紙を宗次に手渡した。

　受け取ってそれを見た宗次は、脳天から斬り下ろされたような強烈な衝撃を受けて、大きく目を見張った。


（下巻に続く）

「門田泰明時代劇場」刊行リスト

ひぐらし武士道
『大江戸剣花帳』(上・下)
徳間文庫　平成十六年十月
光文社文庫　平成二十四年十一月
徳間文庫(新装版)　令和二年一月

ぜえろく武士道覚書
『斬りて候』(上・下)
光文社文庫　平成十七年十二月
徳間文庫　令和二年十一月

ぜえろく武士道覚書
『一閃なり』(上)
光文社文庫　平成十九年五月

ぜえろく武士道覚書
『一閃なり』(下)
光文社文庫　平成二十年五月
徳間文庫　令和三年五月
(上・中・下三巻に再編集して刊行)

浮世絵宗次日月抄
『命賭け候』
徳間書店　平成二十年二月
徳間文庫　平成二十一年三月
祥伝社文庫　平成二十七年十一月
(加筆修正等を施し、特別書下ろし作品を収録して『特別改訂版』として刊行)

ぜえろく武士道覚書
『討ちて候』(上・下)
祥伝社文庫　平成二十二年五月
徳間文庫　令和三年七月

浮世絵宗次日月抄
『冗談じゃねえや』
徳間文庫　平成二十二年十一月
光文社文庫　平成二十六年十二月
(加筆修正等を施し、特別書下ろし作品を収録して『特別改訂版』として刊行)
祥伝社文庫　令和三年十二月
(上・下二巻に再編集して『新刻改訂版』として刊行)

浮世絵宗次日月抄
『任せなせえ』　光文社文庫　平成二十三年六月
祥伝社文庫　令和四年二月
（上・下二巻に再編集し、特別書下ろし作品を収録して『新刻改訂版』として刊行）

浮世絵宗次日月抄
『秘剣　双ツ竜』　祥伝社文庫　平成二十四年四月

浮世絵宗次日月抄
『奥傳　夢千鳥』　光文社文庫　平成二十四年六月
祥伝社文庫　令和四年四月
（上・下二巻に再編集して『新刻改訂版』として刊行）

浮世絵宗次日月抄
『半斬ノ蝶』（上）　祥伝社文庫　平成二十五年三月

浮世絵宗次日月抄
『半斬ノ蝶』（下）　祥伝社文庫　平成二十五年十月

浮世絵宗次日月抄
『夢剣　霞ざくら』　光文社文庫　平成二十五年九月

拵屋銀次郎半畳記
『無外流　雷がえし』（上）　徳間文庫　平成二十五年十一月

拵屋銀次郎半畳記
『無外流　雷がえし』（下）　徳間文庫　平成二十六年三月

浮世絵宗次日月抄
『汝　薫るが如し』　光文社文庫　平成二十六年十二月
（特別書下ろし作品を収録）

浮世絵宗次日月抄
『皇帝の剣』（上・下）　祥伝社文庫　平成二十七年十一月
（特別書下ろし作品を収録）

拵屋銀次郎半畳記
『俠客』（一）　徳間文庫　平成二十九年一月

浮世絵宗次日月抄
『天華の剣』（上・下）　光文社文庫　平成二十九年二月

拵屋銀次郎半畳記
『俠客』（二）　徳間文庫　平成二十九年六月

拵屋銀次郎半畳記
『俠客』（三）　徳間文庫　平成三十年一月

浮世絵宗次日月抄
『汝よさらば』（一）　祥伝社文庫　平成三十年三月

拵屋銀次郎半畳記
『俠客』（四）　徳間文庫　平成三十年八月

浮世絵宗次日月抄
『汝よさらば』（二）　祥伝社文庫　平成三十一年三月

拵屋銀次郎半畳記
『俠客』（五）　徳間文庫　令和元年五月

浮世絵宗次日月抄
『汝よさらば』（三）　祥伝社文庫　令和元年十月

『黄昏坂七人斬り』　徳間文庫　令和二年五月
拵屋銀次郎半畳記
『汝　想いて斬』（一）　徳間文庫　令和二年七月
浮世絵宗次日月抄
『汝よさらば』（四）　祥伝社文庫　令和二年九月
拵屋銀次郎半畳記
『汝　想いて斬』（二）　徳間文庫　令和三年三月
浮世絵宗次日月抄
『汝よさらば』（五）　祥伝社文庫　令和三年八月
拵屋銀次郎半畳記
『汝　想いて斬』（三）　徳間文庫　令和四年三月

本書は平成二十四年に光文社より刊行された『奥傳　夢千鳥　浮世絵宗次日月抄』を上・下二巻に再編集し、著者が刊行に際し加筆修正したものです。

奥傳 夢千鳥（上）

一〇〇字書評

切り取り線

購買動機（新聞、雑誌名を記入するか、あるいは○をつけてください）

□（　　　　　　　　　）の広告を見て	
□（　　　　　　　　　）の書評を見て	
□ 知人のすすめで	□ タイトルに惹かれて
□ カバーが良かったから	□ 内容が面白そうだから
□ 好きな作家だから	□ 好きな分野の本だから

・最近、最も感銘を受けた作品名をお書き下さい

・あなたのお好きな作家名をお書き下さい

・その他、ご要望がありましたらお書き下さい

住所	〒				
氏名		職業		年齢	
Eメール	※携帯には配信できません	新刊情報等のメール配信を 希望する・しない			

この本の感想を、編集部までお寄せいただけたらありがたく存じます。今後の企画の参考にさせていただきます。Eメールでも結構です。

いただいた「一〇〇字書評」は、新聞・雑誌等に紹介させていただくことがあります。その場合はお礼として特製図書カードを差し上げます。

前ページの原稿用紙に書評をお書きの上、切り取り、左記までお送り下さい。宛先の住所は不要です。

なお、ご記入いただいたお名前、ご住所等は、書評紹介の事前了解、謝礼のお届けのためだけに利用し、そのほかの目的のために利用することはありません。

〒一〇一 - 八七〇一
祥伝社文庫編集長 清水寿明
電話 〇三（三二六五）二〇八〇

祥伝社ホームページの「ブックレビュー」からも、書き込めます。
www.shodensha.co.jp/bookreview

祥伝社文庫

奥傳 夢千鳥（上） 新刻改訂版 浮世絵宗次日月抄

令和 4 年 4 月 20 日　初版第 1 刷発行

著　者　門田泰明

発行者　辻　浩明

発行所　祥伝社

東京都千代田区神田神保町 3-3

〒101-8701

電話　03（3265）2081（販売部）

電話　03（3265）2080（編集部）

電話　03（3265）3622（業務部）

www.shodensha.co.jp

印刷所　萩原印刷

製本所　積信堂

カバーフォーマットデザイン　かとうみつひこ

ISBN978-4-396-34805-2 C0193

「宗次を殺る……必ず！」

憎しみが研ぐ激憤の剣

汝よさらば（一）

浮世絵宗次日月抄

駿河国田賀藩の中老廣澤和之進の悲願、
それは自慢の妻女美雪を奪おうとする浮世絵師宗次を討ち果たすこと——。
憎しみの刃を向けられた宗次が修羅を討つ！

邪を破る悲哭の一刀

汝よさらば（二）

浮世絵宗次日月抄

浮世絵師宗次に否応なく政争の渦が襲い掛かる。
四代様（家綱）容態急変の報に接し、
騒然とする政治の中枢・千代田のお城最奥部へ——

付け狙う刺客の影は、女!!

汝(きみ)よさらば（四）

浮世絵宗次日月抄

深手を負って病床にある宗次に、最大の危機が迫る――
気魄(きはく)の舞(まい)、撃剣にて真っ向から迎え撃てるか。
駿府(すんぷ)で蠢(うごめ)き始めた『葵(あおい)』なる勢力の正体とは!?